講談社文庫

黙契

交代寄合伊那衆異聞

佐伯泰英

交代寄合伊那衆異聞

黙契《もっけい》

◆『黙契――交代寄合伊那衆異聞』の主要登場人物◆

座光寺《ざこうじ》藤之助為清《とうのすけためすが》　信州伊那谷《いなだに》千四百十三石の直参《じきさん》旗本・交代寄合衆《こうたいよりあいしゅう》座光寺家の若き当主。信濃一傳流《しなのいちでんりゅう》の遣《つか》い手。長崎伝習所剣術教授方として幕命により長崎に赴任。

高島玲奈《たかしまれいな》　長崎町年寄・高島了悦《りょうえつ》の孫娘。射撃や操船も得意。藤之助と上海に密航。

酒井栄五郎《さかいえいごろう》　千葉周作《ちばしゅうさく》道場で藤之助と同門。長崎海軍伝習所第二期生。

一柳聖次郎《ひとつやなぎせいじろう》　大身旗本の御小姓番頭《おこしょうばんがしら》の次男。海軍伝習所第二期生のリーダー格。

勝麟太郎《かつりんたろう》（海舟《かいしゅう》）　幕臣。海軍伝習所の第一期生で重立取扱《じゅうたつとりあつかい》。

永井玄蕃頭尚志《ながいげんばのかみなおゆき》　長崎伝習所初代総監。

陣内嘉右衛門《じんないかえもん》　老中首座堀田正睦《ほったまさよし》配下の年寄目付《としよりめつけ》。藤之助の技倆《ぎりょう》をよく知る。

大久保純友《おおくぼすみとも》　大目付宗門御改《しゅうもんおあらため》。玲奈をきりしたんと疑い、藤之助を目の敵《かたき》にする。

光村作太郎《こうむらさくたろう》　長崎奉行所目付。

佐城《さじょう》の利吉《りきち》　長崎の岡っ引。大久保の残忍な手下。藤之助を拷問《ごうもん》したこともある。

椚田太郎次《くぬぎだたろうじ》　長崎江戸町惣町乙名《そうまちおとな》。藤之助のよき支援者。

黄武尊《こうぶそん》　長崎・唐人屋敷の筆頭差配。

石橋継種《いしばしつぐたね》　阿蘭陀通詞方《オランダつうじがた》。玲奈同様長崎会所《かいしょ》の一員だったが、密航先の上海で裏切る。

文乃《あやの》　座光寺家江戸屋敷で行儀見習い中。麹町《こうじまち》の武具商甲斐屋佑八《かいやすけはち》の娘。

おらん　座光寺家の前当主と出奔《しゅっぽん》した吉原《よしわら》の女郎瀬紫《せむらさき》。黒蛇頭《くろじゃとう》の頭目老陳《ろうちん》と組む。

ピエール・イバラ・インザーキ　一匹狼の武器商人マードック・ブレダンが放つバスク人の刺客。

「へっへっへ」

と今度は小僧の則吉が笑った。

文乃の落ち葉を握った手が伸びて則吉の頬《ほお》を軽く抓《つね》った。

「あ、いたたた」

「その嫌らしい笑いはなによ、答えなさい」

「痛いですよ、お嬢さん。放して下さいな、そうしなければ答えろったって答えられませんよ」

文乃は抓っていた手を離した。すると乾き切っていた銀杏の葉が砕けて掌からぽろぽろと落ちた。

「お嬢さん、若様がいない屋敷奉公はつまらないですよね」

「そんなことはないわ。これでもあれこれと忙しいの。一日があっという間に過ぎるわ」

「この一年はどうでした」

「長かったわ」

「でしょう」

思わず素直な返答をした文乃に、小僧の則吉が応じていた。

った。

隼町は元山王下《もとさんのうした》と里人に呼ばれ、麴町と並行して東から西に走る裏通りだ。麴町が四谷御門《よつやごもん》を過ぎて十三丁目まであるのに反して、隼町は麴町三丁目のところで山元町と町名を変える。

そんな隼町の一角に、

「江戸前　大蒲焼　附めし」

と障子《しょうじ》に書かれた小体《こてい》な蒲焼屋が開店していた。捻《ねじ》り鉢巻《はちまき》の親父が炭火に背開きにした鰻を載せて団扇《うちわ》でばたばたと扇《あお》ぐと、辺りに香ばしい匂いが漂った。

くんくん
と文乃と則吉が鼻を動かした。

附めしとは重箱や丼《どんぶり》に飯を盛り、その上に蒲焼を載せた食べ物である。

「則吉はいいとして、なんですね、お嬢さんまではしたない」

「あら、どこがはしたないの」

文乃は平然としたもので、

「ご免《めん》なさいな」

と焼き場と裂き場の間を抜けて店に入っていった。

昼時分にはまだ間があったが、店の中は結構な客で賑《にぎ》わっていた。

もともと川魚料理店は大川周辺の水辺に多く集まっていた。それが半蔵《はんぞう》御門近くの隼町に開店したというので人気を集めているようだ。

「いらっしゃいませ」

縞柄《しまがら》のお仕着せに黄八丈《きはちじょう》の前掛けをした若女将《おかみ》らしき女が三人を迎え、篤蔵の顔を見て、

「もしや甲斐屋さんの大番頭さんではございませんか」

と尋ねた。

平穏な時代が長く続き、武具商甲斐屋は長いこと客足が絶えていた。平時に鎧《よろい》兜《かぶと》や弓や槍や刀剣、それに馬の鞍《くら》などを注文する武家はまずいなかった。

ところが嘉永《かえい》六年（一八五三）六月に亜米利加《アメリカ》東インド艦隊四隻《せき》が浦賀《うらが》に来航し、ペリー提督が久里浜《くりはま》に上陸し、大統領フィルモアの親書を幕府応接掛《がかり》に渡した騒ぎ以来、武具商は急に有卦《うけ》に入《い》った。

異国との戦《いくさ》に備えて、旗本御家人大名諸家が競って武具を新調し始めたのだ。そのせいで麹町の表通りに店を構える甲斐屋には武家の客が絶えることはない。そんなわけで篤蔵の顔も知られたか。

「へえ、いかにも甲斐屋の番頭篤蔵にございます」

と挨拶《あいさつ》すると、

「これはこれは、ようこそいらっしゃいました。一度ご挨拶をと思うておりましたところです」

と如才なくも、女将のそのぎと名乗った。

「そのぎさんか。これはご丁寧《ていねい》なご挨拶痛み入りますな。こちらはな、甲斐屋のお嬢さんの文乃様にございます」

と篤蔵が武家奉公のなりをした文乃をそのぎに紹介した。

「お嬢様でございましたか。知らぬこととは申せ、御無礼を申しました。今後ともお引き立てのほどを」

「知らないのは当たり前です。私、ご覧のように貧乏旗本家に行儀見習い中なの」

つと文乃がくるりと矢絣《やがすり》のお仕着せで回って見せた。

「おや、大家《たいか》の甲斐屋さんのお嬢様がご奉公ですか。それはお気の毒にございますこと」

そのぎもあっさりと応じて、

「屋敷奉公のお嬢様を入れ込みの座敷に座らせるわけにはいきませんね」

と二階の六畳間に三人を案内した。

「篤蔵、久しぶりに私に会ったのです。お酒をご注文なさい」

「恐れ入りますな。鰻が焼き上がるには時間がかかります。一本だけ頂戴致しましょうかな」

と篤蔵が三人前の蒲焼と酒を注文した。

女将のそのぎが愛想よく注文を伺《うかが》って座敷から姿を消した。

「お嬢さん、旦那様に呼ばれた理由を承知なんですね」

「則吉、どうせそろそろ座光寺家の奉公を辞して嫁に行けという話に決まっているわ」

「あたり」

と笑った則吉に、

「聞く耳は持ってないわ」

「でも今度ばかりはそうもいきませんよ。室町の大店《おおだな》の後藤松籟庵《ごとうしょうらいあん》の倅《せがれ》が手薬煉《てぐすね》引いて待っておられる話ですからね」

「則吉、それをどこで」

と篤蔵が慌《あわ》てた。

後藤松籟庵は茶道具の老舗《しにせ》だ。

「番頭さん、こういう話は直《す》ぐに外に知れるものです」

「則吉の他にも奉公人は承知なのですね」

「お嬢さん、私が知るくらいです、当然店じゅうが」

「呆《あき》れた」

と手を叩《たた》いた文乃が、

「いいわ、則吉。町内じゅうにこの話広めなさい」

「いいんですか」

「広めれば広めるほどこの種の話は途中で潰《つぶ》れるものよ」

「お嬢さん、深慮遠謀ですね」

「あら、則吉、なかなか凄い言葉を承知ね」

「それはそうですよ。武具屋に来る客は年寄りの武家ばかり、こんな言葉ばかり喋っていかれます」

と得意げに応じた則吉が、

「お嬢さん、長崎に行かれた若様はどうしておられましょうね」

「ここのところ文もないの。それで奥方のお列《れつ》様も家老の引田《ひきた》様も案じておられるわ」

文乃の視線が篤蔵に行った。

甲斐屋は商売柄武家が客筋だ。それも幕閣の要人、有力大名家を得意にしていたから、必然的に江戸のみならず日本諸国の出来事は耳に入ってきた。特に開港を迫られる長崎の動静は緊急事項として江戸幕府に連絡が上がってきた。

「お嬢さんはこの甲斐屋の番頭から座光寺藤之助様の近況をお聞きになりたいのですか」

「いけない」

「商売上知った秘密は他に洩《も》らさず。どのような商人にも守秘義務がございますでな」

「あら、篤蔵。私が甲斐屋の娘ということを忘れたの。秘密といっても甲斐屋内々なら洩らしたことにはならないでしょ」

「そう言われればそうですな」

篤蔵は腰の煙草《たばこ》入れを抜くと、

「お嬢さん、思案を纏《まと》めますでな、一服させて下さいな」

と老獪《ろうかい》な顔付きで煙管《キセル》を出した。

「話すのならばいつまでも待つわ。途中でやっぱり駄目だなんて言ってご覧なさい。あることないことお父つぁんに報告するからね」

「お嬢さんはほんとうに遣《や》りかねませんからね」

則吉が煙草盆を番頭の前に置いた。煙管に刻みを詰めて煙草盆の火種で火を点《つ》けた篤蔵が思案を吹き飛ばすように、
ぷかっ
と吹かした。すると紫煙が鰻屋の二階座敷にゆらぎ昇った。

「さあ、いいでしょ。話しなさい」

「座光寺の若様は長崎に参られ、大化けなされました」

「えっ、大化けってなにがどうしたの」

「文乃様、藤之助様が長崎海軍伝習所剣術教授方として赴任なされたのは承知ですな」

「それは承知よ。余りにも座光寺家が貧乏所帯だからって、幕府のどなたかが扶持《ふち》が貰えるように教授方という名目をつけられたのでしょう」

「老中堀田正睦《ほったまさよし》様、年寄目付《としよりめつけ》の陣内嘉右衛門《じんないかえもん》様がそのような配慮をなされたと篤蔵もさる筋から聞いております。その陣内様の予測を超えて藤之助様は奔放に長崎奉行

所、長崎会所《かいしょ》、唐人屋敷、長崎警備の佐賀藩、阿蘭陀《オランダ》商館、密輸商人、きりしたんと相手構わず向こうに回して長崎じゅうを引っ掻《か》き回しておられるそうな」

「引っ掻き回すって騒ぎを起こしているということ」

「はい」

「それは座光寺家にとっていいこと」

「はてな、座光寺家にとってよいことかどうかは知りませぬ。ですが、亜米利加、英吉利《イギリス》、仏蘭西《フランス》、おろしゃと列強各国が鋼鉄砲艦で威嚇《いかく》外交をなす中、座光寺藤之助様のように破天荒《はてんこう》なお方の出現は、幕府にとっても歓迎すべきことのようでございますな」

「あら、だったら座光寺家が加増になってさ、暮らし向きが楽になるんじゃない」

「さてそれは」

「篤蔵、秘密よ」

と文乃が顔を寄せた。

「なんでございますな」

と傍《かたわ》らから言いながら興味津々《しんしん》に窺《うかが》う小僧を篤蔵が見た。

その則吉が指先で自分の顔を指して、掌を大きく横に振った。秘密を共有しても大丈夫ということらしい。

「則吉、他で洩らしたら頬を抓るどころじゃすまないわよ」

「甲斐屋の則吉、男にござる」

芝居の台詞《せりふ》回しで応じた。

「藤之助様が江戸を出立なされるとき、三百両の支度金が出たの」

「それはまた法外な」

幕府の内所や幕臣の暮らしぶりを知る篤蔵が言い切った。

「藤之助様はお屋敷に二百五十両を残して旅立たれたの」

「ほうほう」

と篤蔵が相槌《あいづち》を打ったところで、そのぎが燗酒《かんざけ》と菜の奈良漬を持参した。

「蒲焼は今しばらくお待ち下さいな」

そのぎが篤蔵に盃《さかずき》を持たせ、

「一杯だけ酌《しゃく》をさせてくださいまし」

「これは恐縮」

と受けた。

篤蔵が美味《うま》そうに最初の一杯を飲み干し、そのぎが再び座敷から消えた。今度は篤蔵の空の盃に文乃が酌をした。

　重ね重ね恐縮、と応じた篤蔵が、

「文乃様、藤之助様が残された二百五十両あれやこれやの掛かりに消えましたか」

「お列様も引田様も、なんとしても藤之助様が江戸に戻られるまではこの金子《きんす》には手を付けぬと言い合ってこられたのよ。それなのにこれまで溜《た》まっていた米味噌油の付けやら奉公人の給金やら山吹陣屋《やまぶきじんや》への送金などですっからかんになってしまったの。ここんとこ、私たち、朝餉《あさげ》と夕餉《ゆうげ》に茶粥《ちゃがゆ》が二度供されるばかりよ」

「えっ、お嬢さん、粥しか食べてないのですか」

「則吉、商家の奉公より武家奉公が何倍も苦しいことが分かった。あんたなんて三日と持たないわ」

「それにしてもお嬢さん、お顔などふっくらとなされてますよ。よほど粥が体に合うのかな」

「頬をもう一度抓ろうか」

　文乃が手を差出し、則吉が座ったまま飛び下がった。

「待った、お嬢さん。私の蒲焼も食べていいですよ。私は一食くらい抜いてもなんでもありませんから」

「則吉の蒲焼まで食べる元気はないわ。ともかく篤蔵、座光寺家の米櫃《こめびつ》はすっからかんなの」

「呆れた」

と篤蔵が言った。

「長崎では藤之助様が八面六臂《はちめんろっぴ》の活躍をなされているというのに、江戸屋敷では食べるものもないという。これでは異国の軍艦に幕府がひれ伏すのも遠い日のことではありませんな」

篤蔵は阿片《あへん》戦争敗北の結果、清《しん》国が陥った苦境と悲劇を文乃と則吉に嚙《か》み砕いて話した。

「篤蔵、この江戸を異人が歩き回るというの」

「私が幕閣のお一人からお聞きしたところによりますとな、上海《シャンハイ》というところには英吉利、仏蘭西、亜米利加人だけが住む区域ができておるようでございまして、それを租界《そかい》とか申すそうです。日本が清国と同じような目に遭うなれば、芝《しば》近辺に大きな異人町が出来てもおかしくはないそうです」

「異人は兜や鎧は買いませんよね、番頭さん」

「則吉、そんな暢気《のんき》なことでは済みませんぞ。公方《くぼう》様も御三家も大名方も消えてなくなるかも知れないという話です」

「番頭さん、異人が公方様に取って代るのですか。いくらなんでもそんなことは起こりませんよね」

と則吉が言い、

「そうならなければいいが」

盃の冷えかけた酒を篤蔵は口に含んだ。そして、藤之助が理由は判然としないが、

「蟄居《ちつきよ》」

二月《ふたつき》の咎《とが》めを受けている事実を文乃には告げまいと自らの心に封印した。

「番頭さん、公方様と一緒に旗本家もなくなるの」

「ええ、まあ」

「その時までに藤之助様は江戸に帰ってこられるかしら」

額に片手を置いた篤蔵が思案し、

「則吉、いくらなんでも蒲焼が遅いようです。階下《した》でな、最前の女将さんに催促《さいそく》してきなされ」

と命じ、則吉が、へえっ、と畏《かしこ》まって座敷を出た。

篤蔵が縁談話の内容を詳しく話した後、こちらは座光寺様の話ですと断って、

「文乃様、来春三月、阿蘭陀から寄贈された蒸気船を長崎伝習所の方々だけで江戸まで回航する話が持ち上がっているそうです。ひょっとしたら藤之助様も」

「戻ってこられるの」

文乃の顔が、ぱあっと明るくなった。

「はっきりとしたことは未《いま》だ決まってないようですがな」

「いえ、きっと戻ってこられるわ。座光寺家の辛抱もそれまでよ」

と文乃が首肯《しゆこう》したとき、

「お嬢様、番頭さん、お待たせ致しました」

と女将のそのぎが則吉を伴い、大蒲焼附めしの膳を運んできて、座敷が香ばしい匂いに包まれた。

二

文乃は則吉に送られて麴町二丁目の実家から牛込山伏町《うしごめやまぶしちよう》の座光寺家へと戻ろうとしていた。

「私一人で帰れるのに、お父つぁんたら」

「お嬢さんのことが心配なんですよ。あれで旦那様は結構おてんばの娘思いだからな」

「だれがおてんばの娘なの」

「そりゃ」

と言った則吉がひょいと横手に飛び、文乃の手を避けた。すると片手に持っていた提灯《ちょうちん》が揺れて、二人の影が躍った。

「この時節です、娘の独り歩きは危ないですよ」

と言った則吉が、

「お嬢さん、縁談話、どうでした」

と文乃の関心を逸《そ》らした。

「ううん、悪い話じゃないと思うわ」

「あれ、そんな言葉がお嬢さんの口から聞けるとは思わなかったぞ」

「則吉、後藤松籟庵さんといえば何百年の大店、本店は京にある老舗よ。そこの嫡男が私を是非《ぜひ》嫁に欲しいというのよ。相手は実家の近くで、私を見かけた様子なの」

則吉が階下に下りた間に話された内容だった。

「年はいくつです」

「二十四歳だって」

「お嬢さんと年回りは悪くないぞ」

「駿太郎《しゅんたろう》様と申される若旦那は京の店ででっち奉公を経験した苦労人らしいわ。人柄も優しい人らしいの。おてんばの私に勿体《もったい》ないと思わない」

「当人に会ったわけじゃないでしょう」

「仲人さんの言葉よ。私さえよければお父つぁんもおっ母《か》さんも会う機会を作るというの」

「お嬢さんはどうなんです」

「私？」

文乃は言葉に窮《きゅう》したように黙り込んだ。

「お嬢さん、座光寺藤之助様が気になっておられるんですね」

「考えないといえば嘘になるわね。だけどなんと言っても身分違いだもの」

「違いますよ」

「どう違うというの」

「番頭さんも言いましたよ。公方様がいなくなるご時世が来るかもしれないって。そしたら武家も町人もありませんよ」

「そうかしら」

「そうですよ」

「そうね」

「お嬢さん、すぐに答えを出さないで下さいな、それはお嬢さんの悪い癖なんだからね。後悔することになりますからね」

小僧の言葉に文乃ががくがくと頷いた。

二人は武家地の麴町三丁目横町通りを三番町通りへと下っていた。

「藤之助様のこと、則吉はどう思う」

「どう思うったってよく知らないからな」

「男の則吉から見た座光寺藤之助様よ、勘《かん》でいいわ」

うーん、と唸《うな》りながら則吉が思案し、

「お嬢さん、大きな声では言えませんが藤之助様は、座光寺家の家来だった人ですよね、元の主《あるじ》はどうなったんです」

と問い直した。

「私、そんなこと知らないわ」

文乃は主家の大事を知らない振りをした。事実、なにが起こったか、推測でしか知らなかった。だが、それは座光寺家の総意として望んだことであり、幕府も認めた事実であろうことは漠然と察していた。

「家来が主になったなんて戦国時代のようなことが起こったんだものな。これは滅多《めった》にあるこっちゃありませんよ」

「将軍家定《いえさだ》様も認められてのことよ」

「そこですよ。そんな話聞いたこともないってうちに来るお客が噂してますよ。その上藤之助様はお姑《しゅうとめ》様を敬い、お姑様も藤之助様を頼りになさっておられるんでしょ。ついでに家老様を始め、家来方とも仲がいいですよね」

「ずっと昔から藤之助様が座光寺家の主だったかのようよ」

　頷いた則吉が、

「これだけでも藤之助様は並みの人ではありませんよ」

うんうん、と文乃が得心したように首肯した。

「いいですか、お嬢さん。ここからが大事なとこだ」

「なにが大事なの」

「江戸湾に異国の大砲を積んだ蒸気船がうろうろする御時世ですよね。といって直参《じきさん》旗本も大名家もあまり頼りにならない。うちに慌てて昔ながらの鎧兜を注文したくらいで異国の蒸気船とは太刀打《たちう》ちできませんよ、旗本八万騎って威張《いば》ったって馬さえちゃんと扱えるかどうか。大砲が一発どーんと撃たれたら全員落馬です」

武具屋の小僧は小僧ながらも、甲斐屋に急に出入りをはじめて戦国時代の武具を慌てて調《ととの》える直参旗本らが、異国の軍艦より将軍家の顔色しか見てないことを見抜いていた。

「公方様も幕府も藤之助様の破天荒な人柄になにかを期待なされて長崎に送られたんですよ。家来が主の座に就いた一件といい、これは大変なことですよ」

下克上《げこくじょう》を安政の御世《みよ》に成し遂げ、わずか千四百十三石の交代寄合衆《こうたいよりあいしゅう》が長崎海軍伝習所の剣術教授方に抜擢《ばってき》された異例を則吉は文乃に指摘した。

「それだけ藤之助様の器《うつわ》が大きいということよ」

文乃はわが事のように胸を張り答えた。

「番頭さんの話でもお一人で長崎を大きく掻き回されたようです。座光寺藤之助様は座光寺家の当主なんて器で済むお方じゃないかもしれない。番頭さんが大化けしたというのもそういうことでしょ」

「と、思うわ。則吉は、藤之助様が幕府を率いる人物に出世なさるかもしれないというの」

するとますます私から遠のいた存在になるわと文乃は考えた。そのことを見抜いたように則吉が言い出した。

「お嬢さん、長崎におられる座光寺の若様のことは、この際忘れましょう」

「忘れてどうするの」

「縁談ですよ」

「後藤松籟庵の駿太郎さんのこと」

「はい、その若旦那のことをこの則吉が調べてみます。大体ね、仲人口はあてになりませんから」

「失礼にあたらない」

「お嬢さんの一生が懸かっているんですすよ」

「そりゃそうだけど」

「相手のことを知らなきゃあ、藤之助様と比べようもないでしょ」

「そうね」

「まず後藤松籟庵の駿太郎さんがさ、なかなかの人物と分かってから藤之助様のことをどうするか決めても遅くありませんよ」

「則吉ったらなかなかの策士ね」

「武具屋なんてとこに奉公してご覧なさい。こんな話ばっかりです」

「あら悪かったわね」

「お嬢さんの実家でしたね」

と悪びれず応じた則吉が、

「お嬢さん、伊那谷《いなだに》から藤之助様が江戸にやってこられたのはわずか一年二ヵ月ほど前のことですよ。なんだか十年も前のような気がしません」

「私もこの一年余りで十歳くらい年取ったような気がするもの」

「元禄《げんろく》の御世の十年間が、いや二十年がただ今の一年と一緒です。目まぐるしく変わる時代にぼおっとしていたら武具屋の小僧も屋敷奉公のお嬢さんも取り残されます」

「則吉ったらあれこれと考えているのね」

と応じた文乃は、

「あら、則吉ったらうちの奉公を勤め上げるつもりはないの」

「お嬢さん、だからさ、武具屋商売がもはやいつまでも続くと思いません。これからは刀や槍の時代じゃない。鉄砲とかさ、大砲の時代がやってくる」

「うちが鎧兜から大砲を売るようになるというの」

則吉は顔を横に振った。

「この先どうなるのか、そこが分からないんです」

「肝心要《かんじんかなめ》なとこじゃない」

「お嬢さんも甲斐屋の娘だなんて暢気にしていられなくなるかもしれませんよ。その時のためにしっかりと自分の将来のことは自分で考えておかなくちゃあなりません」

「藤之助様も先のことを考えておられるかしら」

「私も同じことを考えていました。藤之助様は長崎で多くのことを勉強なさった気がするな。だから、長崎じゅうを引っ掻き回して平然としていられるんですよ」

「そうかしら」

「そうですよ」

「則吉が感じている不安を藤之助様に聞いてみたいな」

「ともかく来年の春には江戸に戻ってこられるかもしれないそうですね。その時まで我慢です」

そうね、と文乃が答えたとき、牛込山伏町の座光寺家の門が見える坂道に二人は達していた。いつもは閉じられている門が開いていた。

(来客など滅多にないのに)

「則吉、さっきのことだけど」

「後藤松籟庵の若旦那の一件ですね。この則吉にお任せ下さいって」

と早飲み込みした小僧が、

「お嬢さん、わが身は自分で守る時代が到来するんです、このことを忘れないで下さい」

と言うと坂道を駆け下っていった。

「あらあら、駿太郎様の身辺を探るなんて断ろうと思ったのに」

文乃は呟《つぶや》くと開かれた門へと小走りに向かった。すると式台の前に乗り物が置かれ、供の家来や陸尺《ろくしやく》がその場にいた。

文乃は門番の爺《じい》に、

「ただ今戻りました。どなたかお見え」

と問うた。

「老中堀田様のご重役がお見えです」

と爺が声を潜《ひそ》めた。

老中の重臣が自ら座光寺家に姿を見せるとしたら、長崎の藤之助のことしか考えられなかった。

(異変が起こったのかしら)

文乃は急いで内玄関から屋敷に上がり、台所に向かった。すると座光寺家の女中衆から下女を束ねる大女のおよしがいて茶の用意をしていた。

「およし様、ただ今戻りました」

「文乃、遅いではないか」

いきなり文句を付けたおよしに、

「およし様、老中堀田様のご家来がお見えとか。よき話にございますか」

と尋《たず》ねてみた。

「お列様と引田様が応対しておられる。私如《ごと》きに分かるものか」

とおよしが不満顔で吐《は》き捨て、

「そなたが戻ったなれば、挨拶に出よとの仰《おお》せです」

「私がでございますか」

「同じことは二度とは言わぬ。早々に茶菓をお持ちなされ」

はっ、と畏《かしこ》まった文乃はその場で身繕《みづくろ》いをすると、盆を両手に捧げ持った。

台所から奥へと向かうと普段は暗い書院に煌々《こうこう》と明かりが入り、ぼそぼそとした会話が廊下まで洩れてきた。

「お列様、文乃にございます」

廊下に座した文乃が障子の向こうに声を掛けると、

「おお、戻ったか」

とお列がほっとした様子で応じて、

「お入りなされ」

と許しが与えられた。

文乃は障子を開いて客に向かいお辞儀をなした。

「ほう、そなたが麴町の武具商甲斐屋佑八の娘か。なかなか愛らしいではないか」

と初老の武家が言った。

文乃は会釈を返すと書院に入った。普段は火などないところに火鉢が二つも三つも置かれていた。

文乃は客に茶菓を供して書院から下がろうとした。

「ちとそなたにも話がある」

と客が引き止めた。

文乃は客の顔を見て、お列を、さらには家老の引田武兵衛《たけべえ》に視線を移した。お列の顔には不安が、そして、引田のそれにも緊張に押し潰されそうな表情があった。

「それがし、老中堀田正睦様の年寄目付陣内嘉右衛門である」

文乃はただただ頷いた。

町人の文乃にとって武家の身分はさほど意味がない。

「長崎にある藤之助どのとは昵懇《じっこん》の付き合いの仲じゃあ」

「藤之助様の身になにかございましたか」

文乃は陣内を正視して聞いた。

「あったといえばあった」

陣内は文乃が供した茶碗を悠然と取り上げた。すると引田が、

「文乃、藤之助様はただ今長崎で蟄居の身じゃそうな」

と緊張の顔で囁《ささや》くように言った。

「蟄居。なんぞ間違いを起こされましたか」

文乃は引田から陣内に視線を戻して聞いた。

「隠れきりしたんとの交友の廉《かど》ありて長崎稲佐《いなさ》の万願寺《まんがんじ》に幽閉蟄居の身じゃ」

「隠れきりしたんと藤之助様がお付き合いをなされたのですか」

さすがに文乃も愕然《がくぜん》として陣内に問い返した。

「まず尋常な者なれば隠れきりしたんとの交友の疑いだけで押し潰されてしまおう。じゃが、当家の主どのは、ふてぶてしいでな。幽閉の身を楽しんでおられようて」

陣内は肥前国五島藩《ひぜんのくにごとう》で思いがけなくも出会った藤之助と高島玲奈《たかしまれいな》の二人連れを思い出して文乃に笑いかけた。

「陣内様、藤之助様は幽閉だけで事が済みそうなのでございますか」

「江戸なれば、その廉だけでお家断絶身は切腹の沙汰《さた》ありても致し方あるまい。だが、長崎というところ各国の思惑が錯綜《さくそう》しておる地でな、藤之助どのが役目を果たそうとなさるなれば、隠れきりしたんとも付き合う要がござったのであろう」

「それ以上のお咎《とが》めはないと申されますか。また座光寺家になんぞ沙汰はございませぬので」

と重ねて聞いた。

傍《かたわ》らのお列も引田武兵衛も陣内の言葉に耳を欹《そばだ》てた。

「文乃と申したな。今はその心配はない」

陣内の言葉に安堵《あんど》した文乃がしばし思案して、

「藤之助様は海軍伝習所の剣術教授方がお役目と伺っております。隠れきりしたんとお付き合いするのもお役目の一つにございますか」

と問い直した。

陣内はひたっと正視して問う娘のひた向きさに戸惑いながらも、

「藤之助どのは剣術を教えるだけの器ではないわ。あれこれと長崎で活躍されておられるでな、此度《こたび》の蟄居もそのつけが回ったと思うてくれぬか」

「陣内様、ほんとうに座光寺家になんのお咎めもございませんので」

引田武兵衛が文乃の問いに勇気付けられたか、重ねて問い質《ただ》した。

「ないと思われよ」

即答した陣内はお列を見て、

「藤之助どのの働き分、餅代《もち》と思うて受け取られよ」

と懐《ふところ》から袱紗《ふくさ》包みを出して置いた。

「蟄居の身の藤之助様の働き分にございますか」

文乃は蟄居の身に餅代が授けられるのかと訝《いぶか》しくも訊《き》いた。

「最前から申すとおり長崎というところ、江戸では想像もつかぬほど異国事情やら国内事情やらが錯綜して絡んでおるところでな。ありきたりの奉公では奉公にならぬところだ」

「武兵衛、蟄居の身の藤之助どのに餅代が出るそうな。頂いてよいのであろうか」

お列と引田が顔を見合わせた。

「お列様、陣内様がああ申されるのです。有り難く頂戴致しましょう」

文乃が言うと陣内に会釈をし、

「助かりました」

とさっさとお列の膝《ひざ》の前へと移し替えた。そして、袱紗包みの重さから百五十両はあるなと推測した。

「座光寺家、主も変わり者じゃが、奉公する女中衆もなかなか大胆不敵じゃな」

陣内がからからと笑った。恐れ入ります、と応じた文乃が、

「陣内様、礼儀知らずのついでにもう一つお尋ねしてようございますか」

「なんじゃあ、文乃」

「藤之助様、来春に長崎より蒸気船に同乗して江戸に戻られるという噂に接しましたが、その真偽いかがにございますか」

「さすがに甲斐屋じゃな。幕閣の秘事をよう承知しておるわ」

と苦笑いした陣内が、

「阿蘭陀国から寄贈された蒸気船観光丸《かんこうまる》に初代伝習所総監永井《ながい》玄蕃頭《げんばのかみ》どのが乗船なされ、伝習所一期生の矢田堀景蔵《やたぼりけいぞう》らが操船して江戸に戻る。その船に座光寺藤之助が同乗して戻ることが内々に決まっておる。三月下旬までには江戸に到着しよう」

「あともう少しの辛抱です、お列様」

「文乃、そなたの主はなにしろ神出鬼没ゆえ、江戸に姿を見せるまではこの話あまり当てにはならぬぞ」

翌朝、江戸丸で長崎に向かう陣内嘉右衛門が破顔すると釘を刺した。

三

十五世紀の初めから葡萄牙《ポルトガル》、西班牙《スペイン》、伊太利亜《イタリア》など、日本人がいわゆる、「南蛮人」

として認識したヨーロッパの国々を中心に大航海時代の幕が上がる。

彼らは地中海貿易で培《つちか》った資金を元手に大型帆船を建造し、熟練した航海術と強力な軍事力を駆使し、未知の大海原へと乗り出した。

その結果、新大陸を発見し、地球が球体であることを証明した。

話が先に進み過ぎた。

大航海時代が始まる一世紀ほど前のイベリア半島をイスラム勢力が支配し、葡萄牙、カスティリヤ、ナバラ、アラゴン王国などのキリスト教王国と激しく対立していた。

このキリスト教王国の中で逸早《いちはや》くイスラム勢力を排除することに成功し、独立したのが葡萄牙であった。

一三八五年のことだ。

さらに一四一五年、葡萄牙国王ジョアン一世は、イスラム勢力の重要拠点であった北アフリカのセウタを攻略して葡萄牙の海外進出の足場を築いた。

その子エンリケ航海王は、外国交易による商業資本の充実を図り、地中海貿易からアフリカ大陸へと進出して、アラビア商人から次々に貿易の主導権を奪っていく。

葡萄牙が最終的に目指した地は、

「アジア」

であり、それらの国々との交易の確立を望んだ。そのために海路を確立するのは必須のことだった。

その当時、ヨーロッパとアジアの貿易の主体は、天竺《てんじく》すなわちインド及び東南アジア諸国の香辛料と、ヨーロッパの銀、銅との取引にあった。

この東南アジアで豊かに産する胡椒《こしょう》、肉桂《にっけい》、丁子《ちょうじ》などの香辛料、天竺の綿織物は中世ヨーロッパで珍重されていた。

これら香辛料交易の拠点はマラッカであり、アラビア、インド、中国商人らに独占的に握られ、インド洋からは様々な陸路を伝ってコンスタンチノープル、アレキサンドリアに運ばれ、さらに伊太利亜商人の手に渡されてベネツィア、ジェノバに陸揚げされてヨーロッパ各地の市場に送られていった。

一方、ヨーロッパからは代価の銀、銅が、さらには毛織物、穀物、鉱産物がアジアに齎《もたら》された。

従来の香辛料交易に葡萄牙は関わることができなかった。そこで新たな交易路模索を迫られた結果、

「アジアへの海洋路」

の発見に望みを繋《つな》いだ。

葡萄牙がセウタを占領した意味は大きかった。

この地を拠点に北アフリカ沿岸の商業権を確立した葡萄牙は、アフリカ西岸に沿って南下を開始した。そして、遂《つい》にバルトロメウ・ディアスはアフリカ南端の喜望峰を発見し、インド洋に直接入る可能性を得た。

一四八八年のことだ。

その十年後の一四九八年、バスコ・ダ・ガマが喜望峰を回って東アフリカ海岸線を経由、インドのマラバール海岸カリカットに入津《にゅうしん》してインド航路が確立された。

葡萄牙王室はこのインド航路発見に欣喜《きんき》し、大規模な船隊を送り込んでインド洋のアラビア商人を制圧、イスラム連合艦隊を撃破してインド洋の制海権を確立した。続いて一五一〇年、インドのゴアを制圧、さらに翌年には東南アジアの貿易拠点マラッカを陥落させ、占領した。

第二代インド副王アフォンソ・デ・アルブゲルケは、マラッカを獲得したあとも香辛料の生産地のモルッカ諸島を占領し、ここにマラッカ、インド、アフリカ、葡萄牙を結ぶ海路による東西貿易路が完全に確立された。

その結果、葡萄牙王室と商人らは香辛料交易による莫大《ばくだい》な利益を得ることになる。

葡萄牙が次に目指したものが東アジアとの貿易だった。

トメ・ピレスを団長にした使節団が広東《コワントン》の屯門《トウンムン》に入港したのはインド航路の確立から直ぐのことだ。

だが、当時の明《みん》国は朝貢貿易をとり、海禁政策（鎖国政策）により外国との交易を禁じていた。

東西交易は葡萄牙、中国双方にとって莫大な利益を齎すことが分かっていた。そこで密貿易の形をとって行われることになった。

葡萄牙は、明国官憲の取締りの網の目を潜《くぐ》り、広州《コワンチヨウ》、漳州《チヤンチヨウ》、泉州《チユワンチヨウ》、寧波《ニンポー》と通商港を替えながら密貿易を繰り返していた。

一五四八年、明国政府は葡萄牙の密貿易拠点の寧波の沖合い、リャンポウ島を壊滅させて密貿易を途絶しようと試みた。

葡萄牙はやむなく広州へと戻ることになり、明国から朝鮮半島を経て日本への交易路開拓は一時頓挫《とんざ》した。だが、一五五七年に葡萄牙は澳門《マカオ》に居住が認められ、中国との交易拠点を得たのだ。

一方、東アジアの交易を日本側から見ていこう。

室町時代、大内《おおうち》氏と細川《ほそかわ》氏は政治上、経済上の二代勢力であった。応仁《おうにん》の乱（一四六七～七七）を契機に室町幕府の権威は衰え、その結果、勘合船の派遣の権利が大内、細川両氏の間で争われることになった。大内氏と組んだのは博多《はかた》商人であり、細川氏には堺《さかい》商人がついた。

大永《だいえい》三年（一五二三）、両氏の使節が寧波で衝突して、この騒ぎの後、大内氏、博多商人が勘合船派遣を独占することになる。だが、その日明貿易も天文《てんぶん》十六年（一五四七）の大内氏による派遣を最後に国内での大内氏の滅亡とともに消えていった。

この直後から中国大陸沿岸から南洋諸島にかけて大倭寇《だいわこう》が活躍する時代に入る。最も激しかったのは明の嘉靖《かせい》年間（一五二二～六六）であったという。

これを後期倭寇と呼ぶ。

葡萄牙はこの後期倭寇時代、明政府から貿易の認可を得られず、福建《フーチエン》、浙江《チョーチャン》沿岸を中心に、倭寇、海賊と競い合いながら東アジア海域における国際的な密貿易を行ってきた。

明政府は海禁の厳守と海賊、倭寇の取り締まりを強化させた。

その結果、浙江省寧波沖合いのリャンポウ島や福建省の漳州月港の密貿易者は海賊になり、あるいは大倭寇として東アジアに活躍することになった。

後期倭寇時代からおよそ三百年の歳月を経て、中国は明から清政府の時代を迎えていた。

だが、浙江省から福建省にかけての一帯が密貿易者、海賊の拠点であることに変わりはなかった。

上海のジャーディン・マセソン商会の傭船《ようせん》テームズ・リバー号は亜米利加と英吉利の砲艦二隻を随伴《ずいはん》させて、寧波と沖合に浮かぶリャンポウ島の間の水路に停泊しようとしていた。

座光寺藤之助と高島玲奈は、テームズ・リバー号の甲板からリャンポウ島を見ていた。

「このどこかにマードック・ブレダンの小型砲艦が潜んでおるのか」

「英吉利政府の諜報部の情報は正確よ」

「石橋継種《いしばしつぐたね》を始末せねばわれら長崎に戻れんでな」

「長崎への海路の日数を考えたら藤之助に余裕はないわ」

玲奈は長崎稲佐の万願寺に蟄居幽閉二月を命じられた藤之助の解放の時が迫っていると告げた。

「日本と違い、異国の大地は果てしなく海は無限だぞ。どこに潜り込んだか、石橋の行方《ゆくえ》を摑《つか》めぬかぎり始末もつくまい」

島と大陸の間の海に碇《いかり》を下した船影はあった。だが、この寧波を拠点にする老陳《ろうちん》の鳥船もマードック・ブレダンの小型砲艦らしき船影も見当たらなかった。

「今、英吉利、亜米利加、ジャーディン・マセソンの諜報方が必死で行方を追っているわ。嫌でも彼らの情報網に引っかかる」

「そんなものか」

「なにより阿片帆船四隻を黄浦江《ホワンプーチャン》で炎上させられ焼失した損失は莫大《ばくだい》よ。彼らが簡単に諦《あきら》めるものですか」

玲奈が言い切った。

上海河港黄浦江に停泊中の英吉利、亜米利加の阿片帆船を小刀会《しょうとうかい》残党、黒蛇頭《くろじゃとう》の老陳一派、さらに一匹狼の武器商人マードック・ブレダンが徒党を組んで襲い、四隻を焼き払って長江から東シナ海へと逃亡していた。

英吉利、亜米利加の怒りは別にして、ブレダンの傭船小型砲艦には長崎会所の通詞《つうじ》石橋継種が乗船していた。

長崎会所の通詞方石橋は長崎奉行所産物方岩城和次郎《いわきわじろう》とともに密かに阿片戦争後、開港された上海に派遣されていた。徳川幕府の幕閣の一部の意を受けた長崎奉行所と長崎会所の出先機関、東方交易《とうほうこうえき》を設立するためだ。

だが、長崎を密出航して上海に拠点を定めて二年、二人が突如《とつじょ》行方を絶ったという情報が長崎に齎され、高島玲奈は座光寺藤之助を連れ密かにライスケン号で上海に渡ったのだ。

国際租界が誕生したばかりの上海で藤之助は初めて、

「西洋と東洋の衝突の場」

に接した。

石橋継種と岩城和次郎の裏切りもまた、鎖国政策を守り続け、国際社会から大きく取り残された祖国への幻滅から生じたものかもしれなかった。

藤之助と玲奈は二人の偽装計画の欺瞞《ぎまん》を暴き、二人が生存していることを突き止めた。そして、藤之助は田宮流《たみやりゅう》抜刀術の達人、岩城和次郎と対決して斃《たお》していた。だが、もう一人の石橋は、二人が組もうとした武器商人マードック・ブレダンの小型砲艦に乗船して上海を脱出していた。

高島玲奈と藤之助にとって、二人の裏切りの始末を付けないかぎり長崎には戻れなかった。だが同時に藤之助に与えられた、

「蟄居二月」

の期限が切れようとしていた。

「どちらにしても、われらがじたばたしたところでなんの役にも立つまい」

二人の視界には英吉利と亜米利加の砲艦が投錨《とうびょう》する様子が見えていた。甲板に積んだ艀《はしけ》が下ろされ、陸戦隊を乗せて島に向かっていった。

「われらも上陸することになるか」

「さてどうかしら」

英吉利砲艦から艀が藤之助の乗る船へとやってきた。

「お迎えのようね」

艀に立つのはバッテン卿《きょう》一人だ。

玲奈が藤之助の肩を引き寄せ、その脇に手を滑らせていった。

「得物なら持参しておる」

藤之助は、スミス・アンド・ウエッソン社製リボルバーが革鞘《ホルダー》に収まってあることを告げた。

藤之助の服装は小袖《こそで》に袴《はかま》の和装で腰には藤源次助真《とうげんじすけざね》と脇差長治《わきざしおさはる》を手挟《たばさ》んでいた。一方、玲奈は純白のドレスを身に着け、鍔広《つばびろ》帽子を被《かぶ》っていた。

「そなたは」

藤之助は、玲奈に愛用の小型短銃を持参かと反問した。すると玲奈が藤之助の手をとり、
すうっ
と背の後ろに回すとそこから一気に白い衣装の上を滑らせて柔らかな感触の太股《ふともも》を触らせた。すると内側に小型短銃が携帯されていることが分かった。

「玲奈さん、藤之助さん、ご機嫌いかがですか」

とバッテン卿が二人に巧みな日本語で呼びかけた。

「元気よ、バッテン卿はいかが」

長崎の阿蘭陀商館に勤務していた折、バッテン卿は、阿蘭陀人を自称し、日本語を全く理解せずとして片言も喋ることはなかった。

だが、上海で再会したとき、バッテン卿のほうから自らも秘密を二人に見せたのだ。

英吉利人バッテン卿と玲奈、藤之助は互いに秘密を共有し合って、お互いが裏切ることはないことを承知したとき、正体を見せ合ったともいえた。

これが西洋の外交術か。

藤之助はバッテン卿に会って多くのことを学んでいた。

「寧波に上陸してみませんか」

バッテン卿は寧波散策を誘いにきたのか。

「行くわ、退屈していたところ」

玲奈と藤之助はすでに舷側《げんそく》に下ろさせていた簡易階段《タラップ》を下って英吉利砲艦の短艇に乗り込んだ。

上海からの三隻は寧波とリャンポウ島の水路に停泊していた。水夫たちが櫂《かい》を揃《そろ》えて寧波湊《みなと》へと漕《こ》ぎ出していく。

バッテン卿と玲奈が異国の言葉で何事か話をしていた。

藤之助は短艇の舳先《へさき》に立って近付く寧波湊を眺めていた。

藤之助が乗船してきたような鋼鉄の砲艦や自走蒸気船の三隻以外、同様の船の姿はなかった。その代わり、網代帆《あじろほ》を畳《たた》んだジャンク船が無数停泊していた。

長崎とも上海とも違う光景だ。

どことなく鄙《ひな》びた湊風景だった。

「座光寺さん、茶船です」

バッテン卿が網代船の正体を教えてくれた。

「寧波の表の顔は生糸と茶の生産と輸出です。裏の顔はもちろん倭寇時代からの密輸です」

先行した英吉利と亜米利加の陸戦隊が湊に整列して、情報方が阿片帆船を焼き討ちした小刀会残党や黒蛇頭老陳の聞き込みを開始していた。

藤之助たちが乗る短艇が木造の船着場に着岸し、藤之助とバッテン卿が玲奈の手を取って船着場に上陸させた。すると陸戦隊の士官がバッテン卿のもとへと走り寄ってきた。

玲奈と藤之助は湊の奥へとそぞろ歩いていった。

あちらこちらで汚れた長衣の清国人たちが阿片を吸い、茶を喫し、酒を飲む光景があって、藤之助と玲奈の二人を興味津々に眺め回した。

「茶が物産じゃそうだが、それほど売れるものであろうか」

「英吉利人は茶が好きなのよ。ただし私たちの好みと違い、緑茶ではなく紅茶なの」

「紅茶とはわれらが嗜《たしな》む茶とは種が違うのか」

「茶葉は一緒よ。だけど、英吉利に運ぶ船がインド洋を通過するとき、どうしても緑茶が蒸《む》れて紅い茶に変化するそうなの。この紅茶をどうしてか英吉利人は好む。阿片を運ぶ帆船があると同じように茶帆船《ティ・クリッパー》が清国と英吉利を往復しているの。バッテン卿から聞いた話だけど、ティ・クリッパーは阿片帆船と同様に上海から出港するそうよ」

寧波の湊で一番大きな茶館の奥から、不意に丁髷《ちょんまげ》に道中袴姿の武芸者が姿を見せた。

長い苦難浪々の旅を思わせて衣服もぼろぼろだった。陽光に焼けた顔にもいくつもの刀傷がひきつれて残っていた。だが、黒漆塗《くろうるしぬ》りの大小拵《こしら》えは見事に手入れがなされていた。

年の頃、四十前か。

藤之助と玲奈の前で武芸者が足を止めた。

「長崎海軍伝習所剣術教授方、座光寺藤之助どのか」

藤之助の身元を承知しているということは、石橋に関わりがある人物か。それにしても異郷をさ迷う侍がいたとは。

「いかにもさようです」

藤之助が答えると、

「そなたになんの恨《うら》み辛《つら》みはござらぬ。ちと路用の金子に困り、義理が生じることになった。座光寺どの、そなたのお命所望致す」

「お手前の姓名の儀お聞かせ頂こうか」

藤之助は驚く様子も見せず聞き返した。

「異郷の旅に生国も流儀も名前も忘れ申した」

武芸者は一揖《いちゆう》すると刀を抜き放った。

茶館に屯《たむろ》する人々から驚きの声が上がり、陸戦隊が剣付鉄砲を構えて走ってきた。

それを玲奈が止めた。

藤之助は藤源次助真を、二尺六寸五分の大業物《おおわざもの》を静かに抜き放った。

そのとき、また茶館の唐人たちが、
わあっ！

と声を上げた。

「信濃《しなの》一傳流《いちでんりゅう》ご披露致す」

藤之助が頭上に助真を、すうっと立てると脳裏に伊那谷の流れと赤石岳《あかいしだけ》を始めとする一万尺の雪の峰々が浮かんだ。

相手は地擦《じず》りに剣を流した。

間合いは一間半。

二人の武芸者は異郷にあることを忘れて、ただ相手の出方を読もうと神経を集中し合った。

ふうっ
と息を吐いた名も知らぬ武芸者が地擦りの構えのままに藤之助に踏み込んできた。

藤之助は動かない。

待った、間合いを待った。

おおっ！

という腹から搾《しぼ》り出す気合とともに地擦りの剣が鎌首をもたげる毒蛇のように藤之助の下半身に迫った。

おりゃ！

藤之助の口から叫び声が発せられて高々とその場に跳躍した。飛び上がった藤之助の足元を地擦りの剣が空しく薙《な》ぎ、跳躍から下降に移った藤之助の助真が大きな円弧を描いて、

すいっ

と低い姿勢の武芸者の脳天に吸い込まれて鍛《きた》え上げられた五体をその場に押し潰した。

ふわり

と藤之助が片膝を突いて地表に下り立ったとき、寧波湊から音が消えていた。

四

ゆっくりと立ち上がった藤之助は血ぶりをくれた藤源次助真を鞘《さや》に収めた。すると名乗ることをしなかった武芸者の喉《のど》が弱々しくもごろごろと鳴った。

藤之助は再び武芸者の傍《かたわ》らに膝を突いた。

武芸者は左手で刀の柄《つか》を握っていたがその手が懐に行った。

なにかを出す気か。

必死の動きで摑《つか》み出されたのは古びた印傳《いんでん》の財布だった。

「これをどなたかに届けよと申されるか」

顔がかすかに動き、頷いたように思えた。

「承知した」

藤之助の答えが聞こえたか、武芸者の体ががくんと虚脱した。だが、直ぐに顔を起こす素振りを見せた。

「なにか申し残されたきことがござるか」

藤之助が口元に耳を寄せた。

「寧波、ふねかいべん徐淳《じょじゅん》の屋敷に」

「それがしを殺せと命じた者がおるか」

武芸者の体が激しくけいれんを始めた。もはや藤之助の問いに答える力は残ってなかった。

ことん
と音が響いたと思えるほどの気配を残して五体を収縮させた武芸者の生が絶えた。

しばし藤之助は茫然《ぼうぜん》として異国の地で出会った武芸者の相貌《そうぼう》を見ていた。

ゆっくりと顔の筋肉が弛緩《しかん》してどこか安堵《あんど》の表情へと変わった。

武芸者は生から死へと移ろった。

瞼《まぶた》を閉じる力がなかったか開かれたままだ。

藤之助はその瞼を閉じてやり合掌《がっしょう》した。

傍らに人の気配がして、

「藤之助」

玲奈の声がした。

藤之助は瞑目《めいもく》していた両眼を見開き、立ち上がった。すると戦いの場を取り囲むように大きな野次馬の輪が出来て、藤之助の行動を唐人らが無言の裡《うち》に眺めていた。そして、傍らに玲奈とバッテン卿が立っていた。

「家族のもとであろう。届けてほしいと託された」

ずしりと重い印傳の財布を二人に見せた。

「だれが藤之助を暗殺せよと命じたの」

「異郷の地だ、それがしを知る者は多くはあるまい」

と答えた藤之助が二人に尋ねた。

「ふねかいべんとは何の意か」

「ふねかいべんが届け先に関わりあるの」

玲奈は訝しい顔で問い返した。

「いや、この仁がそれがしに最後に伝えたかった言葉のようだ」

「寧波、ふねかいべん徐淳の屋敷に、と言葉を絞り出して息絶えた」

「買弁《かいべん》とは交易に携《たずさ》わる中国人商人のことだ、座光寺さん」

それまで黙って二人の会話を聞いていたバッテン卿が応じた。

「茶、生糸、阿片、売れるものならなんでも売買する交易商人のことをいい、貿易買弁、銀行買弁、船買弁とおよそ分けられる。徐淳は船舶買弁の寧波の親玉です」

「そこに藤之助を知る者がいるのかしら」

「この者をそれがしのもとへ送り込んだ人物ではなかろうか」

「老陳、それとも石橋継種」

「参れば分かろう」

「寧波じゅうの人間が藤之助の行動を注視しているわ。一旦《いったん》、船に引き上げることね」

「この者の始末、どうするな」

「私が始末をつけよう」

バッテン卿が応じて藤之助は玲奈の忠告に従い、船着場に戻ることにした。するとそれまで黙っていた唐人たちが急に大声で喚《わめ》き始め、藤之助と玲奈についてきた。

二人を囲む輪が急に縮まった。

「藤之助、財布を懐に仕舞《しま》いなさい。狙われているわ」

玲奈の言葉に藤之助が懐に突っ込み、腰の助真の柄に手をかけてみせた。すると、
わあっ！

と喚声を上げた唐人の群れが散った。

藤之助は長崎の唐人屋敷を思い出したが、寧波のほうがどことなく気性がおっとりとしているようにも思えた。

「藤之助、油断は決してしないで。何百年とジャンク船を駆って大海原を走り回り、海賊や密輸をやってきた連中よ」

寧波の人々の興味と関心を集めながら英吉利陸戦隊の短艇に乗り込んだ二人は、安堵の息を吐いた。

短艇に残っていた水兵にはすでに指示が出ているらしく、二人が乗り込むと直ぐに船着場を離れさせた。

船着場に残った唐人らがひと際大きな罵《のの》り声を上げた。

「異国を流離《さすら》う武者修行の剣術家がいたとはな」

「海で隔てられてはいるけど長崎から上海や寧波は江戸よりずっと近いの。東シナ海を唐人船で渡った武芸者がいても不思議ではないわ」

藤之助は、懐から印傳の財布を取り出した。

「重いぞ」

「開いてみて」

「他人のものじゃがよいかのう」

「届けようにも相手が分からないとどうにもならないわ」

頷いた藤之助が財布の紐《ひも》を解《ほど》き、蓋《ふた》を開いた。すると何重にも紙に包まれたものが入っていた。

異国の紙に包まれていたのは藤之助が知らない銀貨と金貨二十数枚だった。

「大半がカルロスドルだわ。スペインドルと呼ばれる銀貨よ。この界隈は大豆、綿花、綿布、阿片の売買は銀両での取引なの」

藤之助の関心はカルロスドルを包んでいた紙に書かれた文字にあった。

「因州若桜藩家臣桜井家《いんしゅうわかさ》《さくらいけ》、いね様旻太郎様《びんたろう》へ　清国浙江省寧波に於《お》いて座光寺藤之助殿にこれを託す　鳥居玄蔵《とりいげんぞう》」

とあった。

若桜藩は鳥取藩二代藩主池田綱清《つなきよ》が元禄十三年（一七〇〇）に隠居するにあたり弟清定《きよさだ》に一万五千石を分知して別家を立てて誕生した大名家だ。二万石に加増された今も鳥取本藩の分家でもあった。

鳥居玄蔵と桜井いね、旻太郎がどのような関わりがあるのか、鳥居玄蔵が異国をさ迷う理由が隠されていると思われた。

だが、藤之助には関わりがないことだ。

「長崎に戻り、手配するしかないか。それにしても異国の金子、鳥取領内で換金できようか」

「もし小判に換えたいのなら長崎で換金できるわ」

「長崎会所のことも高島家のことも忘れておった」

「藤之助、蟄居が解ける日が迫っているわ。こちらのことは忘れないで」

「通詞方石橋継種の始末を付けねばな。船買弁徐淳の屋敷に乗り込んでみるしか手はあるまい」

玲奈がしばし沈思した。

櫂が水を掻く音が規則正しく藤之助の耳に響いていた。

いつしか寧波の海は濁った茜色《あかねいろ》に染まっていた。

「バッテン卿の説明によると船買弁の徐淳がこの寧波で大きな力を持つ人物であることに間違いないわ。藤之助と私が乗り込むにしても策を講じない限り、大事な獲物を取り逃がすことになるわ」

「なにか策があるか」

「英吉利と亜米利加砲艦の力を借りるしかないわね」

玲奈はそれ以上のことは口にしなかった。

「それがしはなにをすればいい」

「藤之助、あなたが動くときがくれば教えるわ。まず船に送る」

玲奈が言うと藤之助の肩に腕を回し、体を自らのほうへ倒し掛けると藤之助の唇《くちびる》を奪った。


夜半、寧波の海上に明月が映じていた。

藤之助と玲奈の二人は再び寧波の船着場に戻ろうとしていた。

ジャーディン・マセソン商会の雇船《やといぶね》の小舟の櫂を漕ぐのは藤之助、乗り手は玲奈一人だ。

玲奈はバッテン卿の助力を得て、船買弁徐淳の屋敷に匿われている人物を寧波の外に出すように圧力を加えた。

寧波で勢力を張る船買弁徐淳にしても二隻の砲艦の砲門を屋敷に向けられたのでは抵抗もできない。清国政府の力が弱まった上海から寧波にかけて阿片、木綿、茶の密貿易を巧みにやろうと思えば英吉利、亜米利加の東インド艦隊と敵対しては不可能な話だった。

交渉役に当たったバッテン卿の話によれば徐淳は、

「身元不明の滞在者一名」

を寧波から外に出す約定《やくじょう》をなしたとか。

寧波の沖合いから亜米利加と英吉利の砲艦二隻はいつしか姿を消していた。

藤之助の小舟は、船着場を見通せる沖合一丁（約百九メートル）のところに停泊するジャンク船の傍らで止まった。

ジャンク船からは強い異臭が漂い流れてきた。唐人船は女子供さらには鶏、豚など家畜まで積んで密輸や海賊行為に従事していた。その暮らしの臭《にお》いが玲奈と藤之助の鼻腔《びこう》を襲った。だが、二人にとってこの臭気は長崎以来馴染《なじ》みの臭いだった。

「こちらにいらっしゃい」

玲奈が藤之助を用意してきた毛布の中に誘った。

藤之助は藤源次助真を手に、玲奈と小舟に並んで寝転んだ。天上には静かに星辰《せいしん》が輝いていた。

玲奈の手が藤之助の前帯辺りをまさぐった。

「まだ持っているの」

玲奈が言ったのは伊那谷以来、藤之助が愛着する小鉈《こなた》だ。藤之助は飛び道具の一種として小鉈を使ってきたが、もはやそれが時代遅れの道具であることを承知していた。実際、藤之助の脇下には、スミス・アンド・ウエッソン社製輪胴式五連発短銃が保持されていた。

「玲奈、捨てることは容易《たやす》きことよ」

「そう言いながらなかなか捨てきれないのが侍だわ」

と笑った玲奈が鞣革《なめしがわ》に包んだものを藤之助に差し出した。

「マッカトニー支配人からの贈り物よ」

マッカトニー支配人はジャーディン・マセソン商会の上海支配人だ。

藤之助は玲奈から渡された鞣革の中身が直ぐに分かった。

「贈り物を頂戴するほどの働きをしたとは思えぬ」

「ジャーディン・マセソンは藤之助の将来を買ったのよ」

「それがしに将来があろうか」

藤之助は鞣革を剝《は》ぐと銃身が異様に長いコルト・パターソンモデル・リボルバーを月光に曝《さら》して見た。銃身が長い分、命中率は上がる。だが、巨弾を撃ち出す反動に耐えるにはよほどの熟練と頑丈《がんじょう》な手首が要《い》った。

「捨てきれぬな」

藤之助が思わず呟《つぶや》いた。

「リボルバーを、それとも刀を」

「どちらもじゃ、刀と銃では意味合いが違うでな」

「私にとって身を守る武器、それだけよ」

「そう割り切れるといいが」

不意に藤之助の上に、玲奈のたおやかにしてしなやかな体が伸《の》し掛かってきた。

藤之助はコルト・パターソンモデル・リボルバーを虚空に突きあげながら玲奈の体を抱いて唇と唇を重ねた。

玲奈が黒いドレスの胸前を開いて袖《そで》から腕を抜こうとした。

その瞬間、藤之助は異変を感じた。

「ま、待て、待ってくれ」

玲奈を体の上からずらすと藤之助は上体を起こした。

「ほう、マードック・ブレダンの小型砲艦が姿を見せたぞ」

上海の長江から黄海へと姿を消して以来の小型砲艦との再会だ。

「無粋なブレダンね」

小舟の船縁に顎《あご》を載せた玲奈は袖に抜きかけた腕を戻し、身嗜《みだしな》みを整えた。

「見て」

寧波の船着場に数人の人影があった。

「よし」

藤之助は鞣革にコルト・パターソンモデル・リボルバーを包み込んだ。

慣れた武器で戦う。

藤之助の決意だった。

ブレダンの小型砲艦が船着場の沖合数丁のところに停泊した。

船着場の人影が小型ジャンクに乗り込もうとした。英吉利、亜米利加の砲艦とバッテン卿の外交力に屈したように見せた船買弁が、

「客」

をブレダンに戻すのだ。

船着場を離れようとしたジャンクに、藤之助は小舟の舳先を向けた。

月を揺らして砲声が響き渡った。

いつしか姿を見せた亜米利加東インド艦隊の砲艦が搭載砲をブレダンの小型砲艦に向けて発射したのだ。英吉利の軍艦も随伴《ずいはん》していた。

砲弾は緩やかな弧を描いて小型砲艦の直ぐ傍《そば》の海に着水した。

慌てた小型砲艦が機関音を高鳴らせると、逃走に移ろうとした。

英吉利砲艦がその逃走経路を塞《ふさ》ごうと全速前進に入った。

どどどーん！

亜米利加砲艦が二弾目を発射した。その砲弾がマードック・ブレダンの小型砲艦に命中して舳先を破壊した。

「砲撃戦はお任せしようか」

藤之助の言葉に頷いた高島玲奈が、

「借りるわよ」

と小舟の胴の間に置かれた鞣革を摑むとコルト・パターソンモデル・リボルバーを取り出した。

藤之助の小舟はジャンク船から二十間のところに迫っていた。

どちらの砲艦が発射したか、数発の砲声が立て続けに響いた。そのせいで寧波の湊が明るく浮き上がった。

玲奈は見ていた。

ジャンク船の中に長衣を着ていたが日本人が紛れていることを。

「石橋継種、長崎会所はあなたの所業を許さない。長崎者《もん》なら裏切りがどのような罪《つみ》科《とが》か承知のはずよ」

玲奈の言外に死の宣告があって、長衣の男が、
はっ
として玲奈を見た。

「高島玲奈様」

ジャンク船の唐人たちが銃を構えた。

銃口が五つ、玲奈に向けられた。

それに対して玲奈は両手に保持したコルト・パターソンモデル・リボルバーを石橋継種に向けていた。

藤之助もすでに脇の下の革鞘からスミス・アンド・ウエッソン社が製造した1／2ファースト・イシューを片手に構えて、船賈弁徐淳の配下の者たちを牽制していた。

二対五の対決の中で銃を手にしていないのは石橋継種だけだ。

「玲奈お嬢様、私を始末しても時代の流れは止められませんぞ」

「石橋、あなたに教えられなくとも長崎者ならばとくと承知のことだわ。このような時代だからこそ人が人を信じる、長崎から遠くにあってもよ、それをあなたは忘れてしまった」

「裏切られたと申されますか。それは私だけではございません」

「岩城和次郎のことを言うのなら、あなた方の小細工はすべて露呈したわ」

石橋継種が黙り込んだ。

三度激しい砲撃戦が寧波湊に響き渡り、砲声より物凄い爆発音がした。

ジャンク船も小舟も激しく揺られて石橋も玲奈も船底に倒れ込んだ。

藤之助は櫂に身を支えて、マードック・ブレダンの小型砲艦が爆発炎上するのを見た。

寧波に静寂が戻ってきた。

「玲奈様」

ジャンク船に立ち上がった石橋の両手に、二挺の短銃が構えられてあった。

「ここで死ぬわけにも参りませんでな」

片膝を突いた玲奈はコルト・パターソンモデル・リボルバーの重い銃を左手だけで保持していた。爆発の衝撃で船底に倒れたとき、右手で体を庇《かば》ったためだ。

「どこにも逃げられぬ、石橋継種」

藤之助の銃口が船買弁徐淳の配下たちから石橋へと移動していた。

藤之助は、玲奈を助けるためにわが命を賭けた。ジャンク船の唐人たちはこれ以上の抵抗はしないという読みもあった。

「長崎海軍伝習所剣術教授方座光寺藤之助、長崎会所阿蘭陀通詞方石橋継種を誅《ちゅう》す」

「吐《ぬ》かせ」

石橋の左手の短銃が藤之助を狙い、右手が玲奈を狙って発射された。

同時に藤之助と玲奈のリボルバーが迎撃した。

うっ
二発の弾丸を受けた石橋継種がジャンク船から吹き飛んで寧波の海へと転落していった。

長い沈黙が小舟を支配した。

「藤之助、ありがとう」

「怪我はないか」

「ええ。長崎会所は出直しよ」

玲奈が藤之助の傍にきて接吻《せっぷん》をした。

第二章　寒修行

一

肥前《ひぜん》長崎では霜月《しもつき》の冬至から正月までは、唐人《とう》にとっても阿蘭陀《オランダ》人にとっても一年を通じて最も大事な催しが続く。

冬至は宋《そう》代より最も重んじられた節句で身分階級貧富を問わず仕事を休み、晴れ着に身を包んで酒宴を催した。

この習慣が異国の長崎の唐人屋敷にも持ち込まれ、盛んに冬至が祝われた。

「肥冬瘦年」

とは冬至に費消《ひしょう》し、正月には懐《ふところ》がすっからかんになった唐人を表す言葉だ。

「あす冬至唐の質屋の忙しさ」

古川柳が描写しているのは陽気に祝日を祝おうという唐人の心意気と喜びだ。

このようにどんな年でも冬至は、

「一陽来福《イイヤンライホ》」

の行事として続けられた。さらに冬至は帰化唐人、長崎の町家《まちや》でも直《す》ぐに取り入れられた。

長崎人の家々では冬至の風習を見習い、かんざらし粉《こ》でつくった善哉餅《ぜんざいもち》を拵《こしら》えて祝ったという。それは家庭ばかりではない、遊里丸山《まるやま》でも、

「丸山の女郎冬至か大紋日《だいもんび》」

と言われるほどの賑《にぎ》わいを見せた。

唐人の節句を長崎人が取り入れ、この冬至の賑わいに紛れ込むように祝われたのが、

「阿蘭陀冬至」

だ。

冬至の名の下に隠れてご禁制のキリスト降誕祭を祝うことにした。冬至の日が毎年降誕祭前夜のすぐ近くに当たったからだ。

新教徒の阿蘭陀人が長崎出島《でじま》を貿易の拠点と認められて以来、一切の宗教活動は禁

じられてきた。ために阿蘭陀人は独占的に許された交易を優先し、布教活動は行わなかった。

だれが考えだしたか、出島の阿蘭陀人は唐人の冬至の大騒ぎにキリスト降誕祭を重ねて、阿蘭陀冬至として催してきたのだ。

この知恵には、さすがにきりしたんばてれんの取り締まりにあたる長崎奉行所の役人も騙《だま》され、阿蘭陀冬至の実体がキリスト降誕祭とは気付かなかった。

安政《あんせい》三年（一八五六）の冬至、長崎の唐人屋敷も出島の阿蘭陀商館も冬至の行事を祝うことが出来なかった。

幕府大目《おおめ》付《つけ》大久保《おおくぼ》純友《すみとも》が、

「昨今の騒然たる国際情勢に鑑《かんが》み、冬至を祝うてはならぬ」

と宗門御《しゅうもんお》改《あらため》の権限で厳命したのだ。むろん大久保には阿蘭陀冬至が偽装されたキリスト降誕祭の祝いと内々の情報を得てのことだ。

当然、唐人屋敷も阿蘭陀商館も反対したが大久保の態度は頑《かたく》なだった。そこで長崎会所《かいしょ》が三者の間に入り、唐人屋敷と阿蘭陀商館に、

「機会を新たに設ける」

と約定《やくじょう》して先送りした。

阿蘭陀商館長ドンケル・クルチウスが阿蘭陀冬至を先送りすることを内諾《ないだく》した背景には、この年の秋に、清《しん》国内で起きたアロー号事件が影響していた。この騒ぎは第二次阿片《あへん》戦争に発展する可能性を秘めていた。

一方でクルチウス商館長には、外国貿易中継の許しを幕府から得たいという思惑があり、幕閣の一人大久保純友を刺激したくなかったのだ。

安政四年（一八五七）の年が明けて正月下旬、出島ではドンケル・クルチウス商館長以下商館員が盛装して長崎奉行所の重役やら長崎会所の町年寄《まちどしより》、乙名《おとな》らを迎えて祝宴を張った。

毎年阿蘭陀冬至には、商館長が主人役で長崎奉行荒尾《あらお》石見守《いわみのかみ》成允《しげまさ》、長崎町年寄高島《たかしま》了悦《りょうえつ》らを招き、接待する習わしだ。

二月《ふたつき》余り遅れた阿蘭陀冬至に、江戸《えど》町惣町《まちそうまち》乙名椚田《くぬぎだた》太郎次《ろうじ》も呼ばれていた。

隣席は高島了悦だ。

「了悦様、遅ればせの阿蘭陀冬至、華が一輪欠けておりましょ。寂しゅうございますな」

「玲奈《れいな》のことね、惣町乙名」

「いかにもさようでございます」

「玲奈はここのところ気分が優れんもん、稲佐山《いなさやま》の山荘に籠《こも》って療養をしておるたい」

にたり
と笑った太郎次が、

「了悦様、稲佐の万願寺《まんがんじ》にはもう一人暴れ者が幽閉されておりますな」

「座光寺藤之助《ざこうじとうのすけ》様のことね」

「へえ」

「二人して幕府宗門御改大久保純友様に目を付けられておるやろ。しばらく大人《おとな》しくしておるのは悪いことではあるめえが」

了悦が苦虫を噛《か》み潰《つぶ》した顔で、阿蘭陀商館の給仕の接待を受ける大久保をちらりと見た。

大久保の正式の職階は、大目付宗門御改加役人別帳《にんべつちょう》御改、と厳《いか》めしいものだ。此度《こたび》も長崎奉行荒尾の執《と》り成《な》しもあって嫌々《いやいや》出てきたのだった。

「了悦様、あん大久保様がくさ、万願寺の座光寺様の様子ばえろう気にしておるげな。何人も密偵ば潜り込ませなさるもんね」

「惣町乙名、何人追い払ったな」

「五指では利《き》きまっせんもん」

「ご苦労じゃったいね」

「了悦様、いかに長崎奉行所の命《めい》での蟄居《ちつきょ》とは申せ、この太郎次も座光寺様の姿ば見たこともございまっせん」

「惣町乙名、当たり前んこったい。長崎奉行所の命じゃろが会所が関わるわけにはいくめえもん」

太郎次がしばし沈黙して思い切ったように言い出した。

「町年寄、水臭うございまっしょ」

太郎次の囁《ささや》く声に、了悦は太郎次に視線を戻した。

「水臭いとはなんな、惣町乙名」

「なんでん、座光寺様と玲奈様のお二人は揃《そろ》うてくさ、長崎から姿を消したちゅう噂がございます」

「長崎におらんちね。どこに行ったとちゅうね、惣町乙名」

「海の向こうやなかろうかちゅう噂ですもん」

「惣町乙名、座光寺様の蟄居二月ももうそろそろ無事放免たい。滅多《めった》なことは言わんほうがよか」

商館員の鼓笛隊《こてきたい》が賑々《にぎにぎ》しく宴《うたげ》の場に入ってきた。

「阿蘭陀冬至んごとくさ、座光寺様の蟄居放免祝いばせんといけませんな。長崎会所のメンツにかけてくさ、賑々しく迎えたいもんでございます」

「惣町乙名、そん頃には玲奈の体もようなっとりまっしょうもん」

了悦と太郎次の会話は終わった。

太郎次は了悦と話して、座光寺藤之助と高島玲奈は行動を共にしており、清国上海《シャンハイ》に出向いたことを確信した。

上海に設けられた長崎奉行所と長崎会所の出先機関、東方交易《とうほうこうえき》がこのところ機能していないことを太郎次は承知していたからだ。

太郎次は目の端に大久保がそそくさと阿蘭陀冬至の宴から退席する姿を留め、考えた。

「阿蘭陀とは気が合わんやったとやろか」

長崎海軍伝習所剣道場は遅れ冬至にも変わらず、いつにもまして大勢の伝習生や西泊《にしどまり》、戸町《とまち》両番所の佐賀藩兵らが顔を見せて稽古《けいこ》が行われていた。

遅れ阿蘭陀冬至の祝祭日、海軍伝習所の阿蘭陀人教官が休みで、だれ一人姿を見せ

なかった。そこで伝習生にも、

「半日休暇」

が与えられ、昼前から剣道場が込み合うことになった。

四半刻《しはんとき》の打ち込み稽古を終えた一柳聖次郎《ひとつやなぎせいじろう》と酒井栄五郎《さかいえいごろう》が礼をし合って東西に下がった。すぐに面頰《めんぼお》を外した栄五郎が聖次郎の座る東側の壁際《かべぎわ》に移動してきて、

「遅れ冬至の休みというが外出が許されんでは面白うないではないか。永井《ながい》総監にそなた、掛け合ってくれぬか」

と言い出した。

「われら、ようやく入所候補生から第二期伝習生に許されたばかりだぞ。われらが掛け合うても無理じゃな」

「無理かのう」

と嘆息した栄五郎が、

「このようなとき、伊那《いな》の山猿がおるとおらんではえらい違いじゃな」

「伊那の山猿などと呼ぶでない。友であろうと座光寺藤之助はわれらの師じゃぞ、栄五郎」

「それは分かっておる。じゃが、時に憎まれ口も叩《たた》きとうなるではないか。あいつだ

けだぞ、長崎にきても好き放題に生きておるのは」

「藤之助は別格じゃ、われらが束《たば》になっても敵《かな》わぬ」

「伊那谷に生まれると、ああ野放図に育つか」

「あやつは格別よ」

栄五郎がきょろきょろと辺りを見回し、

「あいつ、万願寺にほんとうに大人しく蟄居しておるのであろうか」

「大目付大久保どのに目を付けられておるのだ。此度ばかりは大人しくしておろう」

「だれとは言わん、噂に聞いたがな、万願寺におるのは替え玉でな、藤之助はどこぞに抜け出しておるそうな」

「さような風聞耳にせんわけではない。だが、大久保どのが目を光らせておるのだ。われわれに正月休みがろくろくなかったのも、大久保どのの差し金というではないか」

「あやつ、大久保風情《ふぜい》が目を付けたとは申せ、じいっとしているタマか。それに長崎から高島玲奈嬢の姿も消えておるという話じゃぞ」

聖次郎から直《す》ぐに答えは戻ってこなかった。しばし沈思の様子があって、

「二人してどこへ行った」

「噂だと異国へ出向いておるという話だ」

「波濤万里《はとうばんり》の向こうに姿を消したというか。もはや二人はこの長崎に戻ってこぬのか」

「未《いま》だ鎖国令は生きておる。一旦《いったん》異国へ出た者は幕府の許しがなければ戻っては来られまい」

栄五郎と聖次郎は顔を見合わせた。

「座光寺藤之助はわれらの前からいなくなったか」

「聖次郎、挨拶《あいさつ》もなしに消えるとは、あやつはちとわれらに対して冷たくはないか」

二人はまた沈黙した。

「座光寺藤之助がわれらに一言の断りもなしに長崎を出る筈《はず》もない」

「そうはいうが、あやつが蟄居二月の間、じいっと謹慎しておると思うか」

とまた同じ疑問を繰り返した。

「しておるまいな」

「永井様に尋《たず》ねてみるか」

「伝習生の問いに総監が答えられると思うか」

「なんぞ策を立てねばなるまいて」

栄五郎が腕組みしたが不意に腕を解《ほど》くと、

「なんぞ理由をもうけて万願寺に忍び込んでみるか。さすれば座光寺藤之助がおるかどうか分かろう」

「稲佐に渡り、万願寺に忍び込むとなると長崎人の助けがいるぞ」

「聖次郎、江戸町惣町乙名は会所の中でも物分かりがいい侠客《きょうかく》と評判だぞ。藤之助とも親しい付き合いをしておるで頼んでみようか」

「よし」

と一柳聖次郎が答えると、

「なんとしても今日の昼から外出が許されぬか」

と呟《つぶや》いて顔を上げた。

「剣道場でお喋《しゃべ》りか」

聖次郎も栄五郎も傍《かたわ》らに羽織袴《はおりはかま》姿の大久保純友が立っているのを見落とした。

「これは大久保様、ついうっかりと」

慌てて栄五郎が頭を下げた。

「大目付宗門御改など眼中にないか」

「いえ、そういうことではございません」

いつにも増して不機嫌な表情の大久保は手にした木刀の先で聖次郎と栄五郎を交互に指し、聖次郎の胸の前で止めた。

「その方がいくらか手応えがありそうな。稽古の相手を致せ」

「それがしに稽古を付けて下さるので。有難き幸せにございます」

「参れ」

大久保がその場を離れた。

聖次郎は内心嫌な奴に捕まったと思いながらも、こう答えざるを得なかった。

純友は小野派一刀流《おのはいっとうりゅう》を幼少より学び、

「小野次郎左衛門《じろうざえもん》の再来」

と評される腕前だが、伝習生らはだれ一人その実力を承知している者はいなかった。

(こやつがどれほどの腕前か、試してみるか)

一柳聖次郎はむらむらと対抗心が湧《わ》いた。

すでに大久保は道場の真ん中に辺りを睥睨《へいげい》するように立っていた。

「聖次郎、あやつは藤之助を牢問《ろうと》いにした野郎だぜ。どんな手を使うか知れん、気をつけろ」

「よい機会だ。あやつに一泡吹かして見せる」

そう言い残した聖次郎が、

「お待たせ致しました」

と竹刀《しない》を抱えて羽織だけを脱いだ大久保の前に立った。すると、

「竹刀稽古ではちと手緩《てぬる》い。木刀稽古を致そうか」

と大久保が冷たい笑いを浮かべて聖次郎に言い放った。

「木刀での稽古にございますか」

「時世険しき折だ、竹刀稽古を繰り返しているばかりでは危急存亡の際に役に立つまい。木刀に替えよ」

と命じられた聖次郎は、

「暫時《ざんじ》お待ち」

と言うと壁に掛けられた木刀と竹刀を交換した。

「あやつ、なんぞ企みがあってのことだぞ」

栄五郎が聖次郎に歩み寄り、不安げな顔で言った。

「もはやどうにもなるまい」

木刀に替えた聖次郎が気持ちを鎮めるようにゆったりとした歩みで大久保純友の前

に戻った。

「木刀稽古は真剣勝負と同じ、緊張を欠くと命を落とすこともある。しっかりと覚悟して参れ」

大久保がこれから起こることを予告するように告げると、木刀を正眼に置いた。

聖次郎も一拍の後、木刀を上段まで上げてゆっくりと切っ先を大久保の額《ひたい》に付けた。

剣道場でのことだ。木刀稽古が行われることはままあった。だが、力の上位の者が下位の者を相手にしての形稽古が多かった。

木刀を使っての打ち込み稽古になると、一瞬の間で大怪我に結びつく打撃を負うことになる。

聖次郎はすでにその覚悟をしていた。

二人の対決の周りに張りつめた緊張があった。それがただの稽古でないことを告げていた。

すすっ
と大久保純友が摺《す》り足で間合いを詰めた。

(なにくそっ)

聖次郎も負けずに踏み込んだ。

木刀の切っ先と切っ先が触れんばかりに両者は接近し、次の動きで互いが攻撃し合う機を得ていた。

ふうっ
と息を吐いた大久保が聖次郎を誘った。

思わず聖次郎が連れ出された。

えたり
と大久保の木刀が胸前に引き付けられた。

「お待ちあれ！」

大声が長崎伝習所剣道場に響き渡った。

剣道場に急ぎ入ってきた様子の勝麟太郎《かつりんたろう》が片手に剣をひっさげて二人の間に立った。

幕臣の勝の身分は海軍伝習所第一期生であると同時に、重立取扱《じゅうたつとりあつかい》という職掌でもあった。

「稽古の邪魔を致すでない」

大久保が不気嫌そうに言った。

「稽古なればお止め致しませぬ。じゃが、稽古にしては双方に殺気が漲《みなぎ》っており申す。それではいずれかが大怪我をすることは必至にござればお止め致す」

「勝、その方、海軍伝習所の本分を承知か。命がけの奉公を覚悟した者のみが入所を許された場所である。竹刀稽古ごときでは万が一に備えられぬ」

「大久保様、謹んで申し上げます。もとより海軍伝習所に入所した全員が命を張っての勉学に勤《いそ》しんでおります。それは偏《ひとえ》に異国への防衛に備えてのことにござれば、剣道場で怪我をすることが目的ではございませぬ」

「引け、勝」

「いえ、引きませぬ」

とさらに一歩大久保の前に詰め寄った勝が、

「ただ今伝習所剣術教授方座光寺藤之助どの、不在の折にござれば、このような試合はお控え頂こう」

「座光寺藤之助はただ今謹慎蟄居の身、当道場に教授方はおらぬ」

「いえ、それがし、長崎奉行荒尾様からも伝習所総監永井様からも蟄居の沙汰《さた》は沙汰として、座光寺藤之助どのの剣術教授方免職の話は耳にしておりませぬ。となれば、未だ当剣道場の差配は座光寺藤之助為清《ためすが》どの一人にございます」

勝麟太郎も一歩も引かぬ気迫で、大久保純友の前に立ち塞《ふさ》がった。

大久保の紅潮していた顔が、
すうっ
と青褪《あおざ》めた。

大久保は辺りを見回す余裕を見せようとした。だが、それは大久保の誤算だった。

剣道場に集う者の大半が大目付大久保純友に、

「反感と憎悪」

を持っていることを示して、静かにも怒りに満ちた目で次なる大久保の動きを凝視《ぎょうし》していた。そして、何事かあれば全員が大久保に立ち向かう気構えを見せていた。

大久保純友の手から木刀が投げ捨てられ、からからと床に転がった。そして、くるりと背を向けると道場から立ち去った。

「勝先生、申し訳ございませんでした」

と詫《わ》びる一柳聖次郎に頷《うなず》き返した勝が、

「本日、これより伝習生全員の外出が夜半まで許される」

と告げると、
わあっ！

という歓声が剣道場に木霊《こだま》した。

二

二月遅れの冬至を祝う長崎の昼下がりだ。

町じゅうがどことなく浮き立つような晴れやかさがあった。一番賑《にぎ》やかなのは唐人屋敷から聞こえる銅鑼《どら》や鉦《かね》や笛の響き、陽気な調べが風に乗って伝わってきた。

「うきうきとするな」

「江戸の三社《さんじや》祭りの日のようじゃ」

江戸屋敷に生まれた酒井栄五郎らは、長崎伝習所の門を出ると大波止《おおはと》まで下った。

すると今度は、出島の阿蘭陀商館から鼓笛隊の楽の音が唐人屋敷に対抗するように響いてきた。

「聖次郎、勝重立の仲裁で命拾いしたな」

一年ばかり前、江戸を同じ船で出立《しゆつたつ》した仲間の篠崎進《しのざきすすむ》が一柳聖次郎に言いかけた。

聖次郎は大身旗本、父は御小姓番頭《おこしようばんがしら》の一柳播磨《はりま》だ。篠崎は御目見《おめみえ》以下の御家人の子弟だ。身分違いだが今や同じ釜の飯を食い、いろいろな長崎体験をしてきて父親の身

分や職階に関わりなく、

「おれおまえ」

で付き合う関係が生じていた。

「正直助かった。大目付め、座光寺先生を目の敵《かたき》にしておるでな、なにかといえば仲間のわれらを同列視して叩《たた》きのめそうと思っておるようだ」

聖次郎が腹立たしげな顔で言った。

長崎伝習所第二期生が厚い信頼の情を持ち合う切っ掛けになった騒ぎがあった。江戸からの船中、嵐の駿河灘《するがなだ》に聖次郎の朋輩《ほうばい》の藤掛漢次郎《ふじかけかんじろう》が落水して行方《ゆくえ》を絶った事件があり、必死の捜索を通じて仲間同士の助け合いがなければふたたび江戸には戻れぬということを学んでいた。

さらに長崎に到着しても鉄砲の事故で能勢隈之助《のせくまのすけ》が片手を失い、仲間から脱落していた。その能勢は高島家や唐人屋敷の長老黄武尊《こうぶそん》や藤之助の助けで異国へ出て、新たに生きる術《すべ》を探っていた。

生き残った十一人はこれらの事件を経験して固い絆《きずな》で結ばれていた。

「よいか、あいつの挑発に軽々と乗るでないぞ」

と栄五郎が言い出し、

「栄五郎、おまえが一番危ないわ」

「座光寺教授方の蟄居が解けるのももう直ぐだ、自重するのはそなただぞ」

と次々に仲間が栄五郎に言い返した。

「最近のおれは身の程を承知ゆえ無茶はせぬ。ともかくだ、伊那の山猿が戻るまでわれら一人として欠けてはならぬ」

「そなたの覚悟は分かった。ところでおれたち、どこへ参るのだ」

塩谷十三郎《しおやじゆうざぶろう》がにこやかに栄五郎に聞いた。

「われらだけで唐人屋敷に参れば騒ぎが起こりかねぬ。とは申せ、遊里丸山の楼に上がる金もない」

「金は天下の回りものと申すではないか、金子《きんす》はなんとでもなる。それよりちと立ち寄って行くところがある」

「なんだ、聖次郎」

「みんな、ちょっと寄れ」

と聖次郎が仲間を呼び寄せると、大波止の一角に鎮座する大砲の大玉テッポンタマの前で十一人が額を寄せ合った。

「そなたらも耳にしたであろう。座光寺藤之助はすでに長崎におらぬ、異国に出たという風聞をな」

「おう、聞いた」

与謝野輝吉《よさのてるきち》が即座に応じた。

「高島玲奈嬢様と一緒というではないか」

「そんな噂も流れておる。座光寺家は未だ交代寄合衆、藤之助は幕臣だ。その当主が蟄居の命を受け、万願寺に幽閉された後、密かに異国に出たとせよ。簡単に長崎に戻ってこられると思うてか」

「阿蘭陀人教官を見てみよ。何年も故国の土を踏んだことがないと申されておるわ」

「阿蘭陀人なれば国を出るも帰るも自由であろう。じゃが、われら幕藩体制下にあって鎖国令は厳しく守らねばならぬ法度《はっと》の一だ。もし藤之助が異国に抜け出たとせよ、そうそう簡単に戻れると思うてか」

ふーむ
と全員が唸《うな》った。

「長崎奉行は別にして、あの大目付大久保様が睨《にら》みを利《き》かす長崎に戻るのは難しかろうな」

「そこでじゃ、万願寺に忍び込んで藤之助がおるかおらぬか確かめようと栄五郎と話し合ったところを大久保に目を付けられたのだ」

「確かめてどうする」

「長崎に藤之助がおるとおらぬではわれらの生き方も変わってこよう。われら、これまで座光寺藤之助に何度助けられてきたか、いかに頼りにしてきたか忘れてはおらぬか」

「忘れるものか」

「もし藤之助が此度の蟄居騒ぎでわれらの助けを必要としているなれば、われら一丸となって動く時ではないか」

「それはそうだ」

「とは申せ、われら長崎者ではないで、この長崎湾を密かに渡る手立てさえ持ち合わせぬ」

「そこで聖次郎と話し合い、江戸町惣町乙名の椚田太郎次どのの知恵を借りようということになった。まず江戸町を訪ねたいのだ」

「惣町乙名なればわれらが遊び場所も紹介して頂けようからな」

「承知した」

と衆議一決した一同は、出島を横目に見ながら江戸町に入っていった。

江戸町惣町乙名を務める太郎次の家は、出島の正面にあって構えからしてなかなかの威勢が見られた。

「御免《ごめん》」

聖次郎は惣町乙名の広々とした玄関土間で声を発すると、

「どなたさんね」

と女の声がして太郎次の女房お麻《あさ》が粋な姿を見せた。

家の奥では大勢の人の気配がして、料理でもしているような匂いが漂ってきた。

くんくんと鼻を動かした栄五郎が、

「美味《おい》しそうな匂いじゃぞ」

と思わず言って聖次郎に、

「そなた、行儀をちと弁《わきま》えろ」

と注意された。その様子を見たお麻が苦笑いして、

「おや、伝習所のお歴々のご入来ですな、なんぞ御用にございましょうか」

と上がりかまちに座した。

「太郎次どののお内儀《ないぎ》か」

「はい、いかにも女房のお麻でございます」

「それがし、長崎伝習所二期生一柳聖次郎にござる。向後宜《よろ》しくお引き回しの程をお願い申し上げる」

と聖次郎が挨拶し、栄五郎ら十人が次々に名乗って頭を下げた。

「ご丁寧《ていねい》なご挨拶恐れ入りますな」

呆《あき》れ顔のお麻が感心したように十一人の若侍を見回した。

「太郎次どのに極秘の内談があって参ったがおられようか」

「おやおや、極秘の内談にしては見事な大声にございますな。太郎次はあいにく前の阿蘭陀屋敷に遅れ冬至の宴に呼ばれて留守でございます」

「なに、太郎次どのは留守か」

がっかりした聖次郎が栄五郎と顔を見合わせた。

「迂闊《うかつ》であったぞ。阿蘭陀冬至には奉行も総監も呼ばれているのだ。江戸町惣町乙名が招かれんことはないからな」

「なあに、あと一刻もすれば祝宴は終わりまっしょ。うちでお待ちになりますか」

一同は顔を見合わせた。

「われらも長崎の祭りを見てみたい」

と栄五郎が言い出し、

「おれは唐人の冬至を見てみたい」

とか、

「いや、それがしは長崎人の祭りでよい」

などと次々に切り出す者がいて話が一向に纏《まと》まりそうにない。

「お歴々、こうしなはらんか。夕方、うちでも祝いの席ば設けます。今年の遅れ冬至に皆さんをお招きしますで帰って来られませ。そん時にゃあ太郎次も戻っておりますたい」

お麻の計らいに聖次郎が、

「お内儀、われら、十一人と大勢でござる。祝いの場にいきなり押し掛けてよいものであろうか」

とまずそのことを気にした。

「若様方、こん長崎でくさ、そげん心配は無用にございますたい。お麻に任せなっせ。今な、こん若様が気付かれたように奥で冬至料理の用意の真っ最中ですもん。腹を空かせて戻ってこられんね」

と胸を叩《たた》いたお麻が、

「だれか唐人屋敷まで伝習所の若様方を案内せんね」

と奥に向かって声を張り上げ、再び聖次郎らに視線を向け直すと、

「それまでの話ですたい。若い者を道案内に付けますで唐人の祭りを見物してきなさらんね」

と聖次郎らの胸中の不安を察したように言った。

「姐《あね》さん、わっしでようございますかな」

と奥でやり取りを聞いていた風の髪結いの文次《ぶんじ》が姿を見せた。

「うちのは手すきはおらんね」

「皆、夜の仕度に大忙したい」

「そんなら文次に願おうかね。将来《さき》がある若様ばかりたい。祭り酒に酔い食らった唐人と争い事が起きてもいかん。黄大人の配下ん衆が出張《でば》っておられようもん、先に挨拶ばしてくさ、よう頼んどきない」

とお麻が手配りして、聖次郎ら十一人が髪結いの文次に一斉《いっせい》に頭を下げた。

四半刻《しはんとき》後、唐人屋敷の船着場に聖次郎らの姿があった。

「なんとも凄い人出じゃな」

どこにこれだけの唐人がいたのかと思うほどの唐人たちが船着場の広場に雲集し、

その輪の中では銅鑼、太鼓、鉦《かね》などが賑やかに打ち鳴らされて蛇踊《じゃおど》りがうねり回って景気をつけ、唐人屋敷の寺から持ち出された菩薩《ぼさつ》像が御神輿《おみこし》のように唐人の肩に担《かつ》がれて練り歩いた。

「このような祭り、江戸にはないぞ」

栄五郎が呆然《ぼうぜん》自失とした声を聖次郎の耳元で張り上げたが祭りの喧騒でよく聞き取れなかった。

すでに唐人たちは朝からの飲酒で泥酔していた。

聖次郎らは異国にあって国の祭礼を祝う唐人たちの熱気と情熱に圧倒されていた。

どの唐人の晴れ着もすでに酒の染みで汚れ、足元が怪しい者もいた。その者たちが腰に青竜刀《せいりゅうとう》を下げ、手に矛《ほこ》を携《たずさ》えているのだ。肩が触れた、足を踏んだというだけで喧嘩《けんか》になった。

そんな唐人の中で、聖次郎ら十一人の若侍の行儀のよい姿は、際立って見えた。

一際《ひときわ》大きな唐人が片手に酒杯を持ってよろよろと行儀のよい聖次郎らに近寄ってきた。

「よいか、相手は酔っ払いだぞ。相手に致すでないぞ」

「栄五郎、そなたが一番血の気が多い、気を付けよ」

と言っている鼻先に六尺五、六寸はありそうな巨漢が突っ立つと栄五郎の前に飲みさしの酒杯を突き出した。

「飲めと申すか」

問い返す栄五郎の顔前で相手が何事か喚《わめ》いた。すると栄五郎の顔に酒臭い唾《つば》が飛んだ。唐人の言葉だ、栄五郎に分かるわけもない。

「我慢せえ、栄五郎」

「わ、分かっておる」

さらに巨漢が酒杯を飲めとばかりに突き出した。

「う、うーむ」

と唸《うな》った栄五郎が、

「馳走になる」

と手を酒杯に伸ばした。すると相手がすいっと引いて、
にたにた
と笑うと、酒杯の酒をぐいっと傾けた。

「その方、酒井栄五郎を小馬鹿にしくさるか」

「我慢じゃぞ、栄五郎」

と傍《かたわ》らから聖次郎らが諫《いさ》めたが栄五郎の目も据《す》わってきた。

相手がまた酒杯を突き出し、栄五郎が迷った。酔眼の唐人もどこか殺気を帯びてきた。

「そなた、祭り酒に酔っておるな。それがしに構わんで朋輩のもとへ戻られよ」

と後ろに控える唐人の方を顎《あご》で指した。

その瞬間、巨漢の酒杯を持った手が栄五郎の頭の上に伸び、酒杯を傾けようとした。頭の上から飲みさしの酒を零《こぼ》そうというのか。

栄五郎の腰が沈み、剣に手が伸ばされようとした。

「止《や》めよ、栄五郎」

という聖次郎の声と唐人の叫び声が船着場に重なって響いた。同時に巨漢の腕の動きを煙管《キセル》で止めた者がいた。

巨漢の形相が変わり、腕を押さえた相手を見た。すると酔いが一瞬に覚めた表情と変わった。

唐人屋敷の筆頭差配にして最長老の黄武尊だ。

大人《たいじん》が煙管を引き、叱責《しっせき》された巨漢がなにか言い訳すると急いで仲間のもとへ戻っていった。

「酒井様、わっしが手間取ったばかりに嫌な思いをさせましたな」

姿のなかった文次が祭の人込みの中で黄大人を探す時間がかかったことを詫《わ》びた。

「よう耐えられました」

黄大人が日本語に変えると栄五郎の忍耐を褒《ほ》めた。

「いえ、刀の柄《つか》に手を差し伸べた未熟を恥じております」

「お詫びに一献《いっこん》差し上げたい」

黄大人は栄五郎らと文次を近くの酒館の二階に案内させた。そこは船着場を見下ろす露台《バルコニー》から遅れて催される祝祭の光景がすべて見渡せた。露台も込み合っていた。

だが、黄大人の前に直ぐに席が設けられ、壺に入った古酒が運ばれてきた。

一同に酒が注がれ、黄大人の音頭で酒が干された。

「美味《うま》い」

栄五郎が満足げに笑った。

「どうです、唐人の祭酒もよいものでしょう」

「大人、われらのような初めての伝習生にまでお気遣《きづか》い頂き申し訳ございません」

聖次郎が唐人屋敷の長老に詫びた。

「確かに面識はございませんな。じゃが、唐では友の友は友と申しますでな。あなた方はわが朋輩にございます」

「友とは剣術教授方座光寺藤之助にございますか」

篠崎が聞いた。

「むろん座光寺様のことにございましてな、この黄武尊とは肝胆相照《かんたんあいて》らす仲にございます」

栄五郎は椅子から身を乗り出した。

「黄大人、ならばお聞きしたき儀がござる」

黄武尊が促すように無言で栄五郎を見た。

「座光寺藤之助が長崎を出て異郷に赴いたという風説が長崎に流れております。その真偽を大人ご存じか」

髪結いの文次が困った顔をした。

長崎では唐人、阿蘭陀人、和人それぞれが互いの内情に首を突っ込まぬ不文律で生きていた。

「お名前はなんと申されますな」

「これは失礼をば致した。それがし、酒井栄五郎、江戸では座光寺と剣術の同門にござる」

「酒井様、座光寺先生のことなれば案ずることはございません。あのお方はたとえ地獄に赴かれようと戻ると決められた暁《あかつき》には戻ってこられます」

「大人、座光寺は異国から一旦《いったん》長崎に、われらの前に戻ってくるのですね」

「酒井様、この黄武尊は座光寺様が異国に出向かれたかどうかは存じませんでな。ただ、なにをなさるにもそなた様方に別離の言葉もなく行動を起こされるご仁ではないと申し上げておるのです」

船着場で新たな催しが始まったか、
わあっ
という歓声が起こった。

黄大人が立ち上がり、

「刻限が許すかぎり楽しんでおいきなされ」

というと長衣の裾《すそ》を翻《ひるがえ》して、酒館二階露台から姿を消した。

三

一柳聖次郎らが江戸町惣町乙名の家に戻ったのは、宵《よい》がそろそろ更《ふ》けようという刻限で、出島にも赤々と異国の明かりが灯《とも》されていた。

椚田太郎次もすでに出島から戻っていた。髪結いの文次に案内された十一人が唐人らの祭りの興奮を顔に漂わせたまま、いくつもの座敷をぶち抜いた宴席に案内されると、主《あるじ》一人だけが席に着いており、

「おお、今日は留守をしましてすまんことをしました」

と詫びた。

「なんの、われら、約定もなく参ったのです。それに阿蘭陀商館に太郎次どのが招かれておることも知らぬ迂闊者の訪《おとな》いです、気遣いなど要りませぬ」

聖次郎が丁重に詫びた。

「極秘の内談があるそうですが、まだだれもおりまっせん。ここでお聞きしましょうかな」

「もういいのです、太郎次どの」

栄五郎が聖次郎の傍らから応じた。

「おや、唐人の蛇踊りを見たら内談のことは霧散しましたか」

「船着場で黄武尊大人に会って酒館の二階露台で甕割《かめわり》古酒を馳走になりました上に、貴重なる忠言も頂きました。そこでわれら一同、太郎次どのに相談致そうとしたこと

を忘れることにしました」

「ほう、黄大人と会って忠言を頂戴したとな」

と太郎次が思案する体《てい》で腕組みをしていたが、

「そりゃ、賢明な判断じゃなかろうか」

と一同に笑いかけた。

「太郎次どのもわれらの内談、推量がつかれるか」

「そう難しい話ではなかろう。おまえ様方が打ち揃《そろ》っての内談となると、座光寺藤之助様のことの他にございまっせんでしょうが」

「いかにも」

一同が一斉に頷く。

「長崎にあれこれと伝習所剣術教授方と高島玲奈様のことを話題にする風聞が流れておりますな、皆さんの心配も大かたそげんなところかと」

「そうなのだ、太郎次どの」

聖次郎が太郎次の前に身を乗り出し、

「われら、稲佐の万願寺に忍び込み、藤之助が真に大人しく蟄居しておるかどうか確かめようと思ったのだ」

と低声《こごえ》で言った。

「それでこの太郎次に相談を持ちかけようとなされましたか」

栄五郎らが一斉に首肯《しゆこう》した。

「で、大人はなんと申されました」

「流布する噂の如《ごと》く異国に出たかどうかは知らぬ。だが、座光寺藤之助がなにか決断するときには、われらに挨拶もなしに行動を起こすものかと、われらの無謀を諭《さと》されました」

「それが宜しい」

と太郎次も即答した。そして腕組みを解くと腰の煙草《たばこ》入れを抜いた。

「太郎次どの、ただの好奇心にござる。藤之助は玲奈嬢と二人ほんとうに異国に出かけたのであろうか」

栄五郎が念を押した。

「わっしもその噂の真偽は知りまっせん」

「江戸町惣町乙名もご存じないか」

栄五郎が首を捻《ひね》った。

「ばってん、数日のうちに二月の蟄居が終わりまっしょ。そんときまでお互い座光寺様との再会を楽しみに待ちまっしょかな。黄大人の言葉どおり、座光寺藤之助様は友に義理を欠いてまで異国に出立《しゅったつ》なされるご仁ではございまっせん」

太郎次は、大目付宗門御改の大久保純友が阿蘭陀商館の招きに応じたはいいが、非礼にも独りだけ宴席から立ち退いた事実を語った。そして、その足で伝習所剣道場に赴き、一柳聖次郎に木刀試合を仕掛けて勝麟太郎に止められた騒ぎがあったことを聞いて不安を抱いていた。

座光寺藤之助と高島玲奈の行動の真実は、長崎会所の重役の一人である椚田太郎次にすら知らされていない極秘事項であった。それを大久保は必死で追及している。

太郎次は、長崎町年寄にして玲奈の祖父高島了悦と出島の宴の場で会話を交わして、

「海外渡航」

がやはり真実という感触を得ていた。

長崎奉行と伝習所総監の二人が下した座光寺藤之助の蟄居だ。

この蟄居の背景には、隠れきりしたんとの付き合いの疑いで宗門御改の調べを受けた藤之助を一時大久保ら探索方の手から隔離する意味合いがあった。

藤之助と玲奈がこの幽閉を利して海外に出る荒業を行ったとなると、大久保純友に

は絶対に知られてはならないことだった。

同時に座光寺藤之助と高島玲奈の一挙手一投足は、長崎者《もん》の関心の的だった。どんなことであれ、二人の噂が流れること自体避けようもなかった。

「噂の真偽は別にして、宗門御改の大久保純友様が長崎にでんと居座っておられる昨今にございますたい。なんとしてもあん方に揚げ足はとられとうはなか」

「いかにもさよう」

と聖次郎が応じて、

「太郎次どの、わが剣術教授方の蟄居が解けた折にはわれらも出迎えに参る所存、その折はわれらを稲佐に同道させてくれませぬか」

「一柳様、船の手配ですな、心得ました」

と笑みを浮かべた太郎次が頷いた。だが、腰から抜いた煙草入れはそのまま手にあった。それは太郎次がこの話題に神経を尖《とが》らせていることを示していた。

突然、表玄関に大勢の人の気配がした。

「惣町乙名、長崎冬至、めでとうございまっしょ」

賑やかな声が響いて広座敷に羽織の長崎町人衆がぞろぞろと姿を見せて、江戸町惣町乙名の家では二月遅れの冬至を祝う宴がようやく始まった。

一柳聖次郎らが太郎次の家を辞去したのは四つ半（午後十一時）の刻限だ。

唐人町では甕割古酒を一、二杯飲んだだけだった。だが、太郎次の家では緊張を解《ほど》いたせいで酒、葡萄酒《ぶどうしゅ》、南蛮強酒としたたかに飲んだ。ために一同の腰は、

ふわりふわり

と浮き上がり、足はよろよろとして全員が酩酊《めいてい》していた。

「よう飲んだ」

大波止のテッポンタマのところまでよろめき歩いてきた一同は、大波止の石畳《いしだたみ》にどさりと腰を下ろした。中には一同と離れて海に向って小便をする者もいた。

湊には、海軍伝習所所属の三檣《さんしょう》スクーナー型木造外輪汽船観光丸（スンビン号）や唐人船が停泊し、唐人船では未だ宴が続いている様子があった。

寒夜の空に星辰《せいしん》が輝いていた。

酒に酔っているせいで寒くはない。

「聖次郎、見てみよ。あの黒々とした山影が稲佐じゃ。あそこに伊那の山猿は、じいっと大人しくしておると思うか」

「栄五郎、今更その話を持ち出すでない。われらがどう思おうとあやつは行動すると

きは行動する」

「じゃが、別離の挨拶は忘れぬ男じゃな」

「おう」

今日何度繰り返された話だろう。暗い海を見つめながらまた蒸《む》し返されそうになった。

「聖次郎、栄五郎、稲佐なれば小舟でいける。じゃが異国となればそう簡単に渡航はできまいな」

と篠崎が呟いた。

「阿蘭陀国まで一万何千里もあるというぞ」

別の声が応じた。

「われら、蒸気船に乗って異郷を訪ねるときがくるかのう」

と言い出したのは塩谷十三郎だ。

「能勢隈之助が立ち、座光寺藤之助が続いた」

能勢のことは、他の伝習生も薄々知っている。

「塩谷、二人は異国に渡ったとは決まっておらん」

「いや、それがしは黄大人、江戸町惣町乙名の話を聞いてそう確信した。座光寺藤之助と高島玲奈のご両人は、密命を帯びて異国に渡ったのだ」

「なぜ言い切れる。藤之助は蟄居の身の上に加え、大目付宗門御改が虎視《こし》眈々《たんたん》と狙っておるのだぞ」

「そこだ、栄五郎」

普段《ふだん》口数の少ない塩谷が雄弁に喋り出したのは、酒の勢いだけではなさそうだった。

「そもそも蟄居二月を命じられたのは荒尾奉行と永井総監と聞いておる。その場には勝重立がおられた」

「ゆえにわれらも万願寺座敷牢押込め二月の沙汰を知った」

「そのようなこと、われらも勝様の口から直《じか》に聞いたで承知だ、塩谷」

「大久保様が座光寺藤之助を目の敵にしてなんとしても咎《とが》を負わせようとしていることは周知の事実、それゆえ藤之助は立山《たてやま》支所拷問倉《ごうもんぐら》に連れ込まれて責めを受けた。ここまではそれがしも理解が付く。だがな、この大久保様の勇み足を逆手にとって行動された方がおられたのではないかと、それがし、考えるようになったのだ」

「廻《まわ》りくどいことを考えおったな、塩谷」

「栄五郎、黙って塩谷の話を最後まで聞け」

聖次郎が忠告した。

「座光寺藤之助は、われら十一人とほぼ同じ年齢であったな。いわば世の中のことはなにも知らぬひよっこ侍だ。だが、われらは伝習生になり、藤之助は最初から剣術教授方を仰《おお》せ付かった。なぜ藤之助だけが違った道を歩かされるのだ、栄五郎」

「あやつは伊那の山猿、われらは江戸育ちだからな」

「ふざけるな、栄五郎。幕閣の中に座光寺藤之助の器の大きさを承知の方がおられて、幕府存亡の折の切り札として育てられようと考えられたとしたらどうだ。それゆえ座光寺藤之助には勝手気儘《きまま》が許されておるのだ」

「不満か、塩谷」

「人それぞれに器があろう。不満は申さぬ」

「その顔付きが不満を申し立てておる」

「なにっ」

「いきり立つな、塩谷」

と聖次郎が栄五郎の挑発に乗った塩谷を諌《いさ》めた。

「おれは分かった」

「この上、藤之助のなにが分かったというのか」

「藤之助のことではない。徳川幕府の命運はすでに尽きておるということがだ」

重い沈黙が夜の大波止を支配した。

第二期伝習生のだれもが実感していることだった。

列強の一角にも加われぬ阿蘭陀国ですら、科学、医学、経済、軍事など国力はすべての分野ではるかに徳川幕府が統治する日本国のそれを凌駕《りょうが》していた。ましてや、英吉利《イギリス》、亜米利加《アメリカ》、仏蘭西《フランス》など列強各国の軍事力は、東インド艦隊の力だけで幕藩体制を根幹から壊滅させる力を秘めていた。

この一年、西欧の学問の勉学を通じて十一人は承知していた。

「だがな、幕閣にも有為の人材はおろう。例えば老中堀田正睦《ほったまさよし》様の年寄目付陣内嘉右衛門《じんないかえもん》のようなお方がある意図を持って長崎に座光寺藤之助を送り込んでおられたとしたら、藤之助の長崎での自由自在の暴れぶりが理解付かぬか」

聖次郎が言葉を振り絞るようにいった。

ふうっ
という溜息《ためいき》がいくつかして、
どぶん
と大波止の石垣に波がぶつかる音と重なった。

「いくら藤之助が特別扱いされようと、幕府の命運が尽きておる事実に変わりない」

「塩谷、それがしはそれを承知で座光寺藤之助の行動を認める、蟄居の期間を利用して異国に出たこともな」

時岡吉春《ときおかよしはる》の言葉に、だれもなにも答えない。

「おれはおれが今長崎で出来ることに邁進《まいしん》致す」

とさらに時岡が宣言した。それは伝習生全員の考えでもあった。

「待て」

と聖次郎が時岡の言葉を捉えた。

「此度の蟄居を利用して、座光寺藤之助と高島玲奈嬢は海の向こうに行かされたと申すのだな、塩谷」

「そういうことだ」

「江戸町惣町乙名は知っておるのか」

「栄五郎、おれは知らぬと見た」

と塩谷が言い切り、

「長崎奉行、長崎町年寄、阿蘭陀商館長と限られた人間しか承知していない企てかもしれぬ。そして、黄大人は知らされてはいないが、密航となれば彼らの力を借り受けたかもしれぬ。ゆえに初めから承知しておると見た」

再び沈黙に落ちた。

波音が響き、夜光虫が光った。

最前まで騒いでいた唐人船の騒ぎ声も明かりも消えていた。

長い沈黙を破ったのは聖次郎だった。

「塩谷十三郎の見解が正しいとしようか」

「聖次郎、認めよ。おれは塩谷の考えに得心した」

栄五郎が仲間を代表して言った。

「なにも反対はしておらぬ」

「ならばなんだ」

「塩谷の推測が正しいのであれば、いよいよわれらの行動は慎重を期さねばならぬ。座光寺藤之助は、あの稲佐の山裾《やますそ》の寺に幽閉されてこの二月を過ごしていた、そうでなくてはならぬのだ」

「分かった」

と栄五郎が応じ、身震いすると、

「寒くなった」

と呟いた。

その声には冬至の祭りに高揚し、酒に酔った気分も冷めた様子があった。

もう数日で藤之助の蟄居二月も終わる。早春とはいえ、夜が更《ふ》けるにつれて寒さが募った。

「また明日から勉学の日々が始まる」

一同が厳しい航海術、機関術、砲撃術の訓練が行われる観光丸の船影を見た。

「われらに課せられた使命だ」

「いかにも」

十一人が大波止の石畳から立ち上がった。

そのとき、櫓《ろ》の音がして夜の海を切り裂くようにして早船が栄五郎らのいる大波止のテッポンタマに接近してきた。

「だれじゃな」

「長崎奉行所のお方かのう」

十一人はなんとなく広い石段が海底まで組まれた長崎西支所の船着場に、ぞろぞろと下りていった。

唐人の船ではない、和船だ。それも何挺もの櫓を備えた早船だ。船中に黒い影が低い姿勢で大勢乗っていた。

舳先《へさき》を転じると船着場の石段と平行にして停船した。すると人影が次々に虚空に飛び上がり、石段を駆け上がってきた。

「怪しげな奴だぞ、油断を致すな」

一柳聖次郎が一同に呼びかけた。

「心得た」

栄五郎が応じて抜刀した。

早船から石段に飛び降りたのは伝習生らとほぼ同数だった。

「かような刻限に何奴《なにやつ》か」

栄五郎が誰何《すいか》する声が船着場に響き渡った。

相手は無言裡《り》に散開して石段を駆け上がってきた。黒い長衣を着て身を隠していた。

聖次郎は相手が異人ではない、和人と直感した。なんとなく身のこなしなどでの判断だ。

栄五郎らは船着場の石段の上に横列になって迎撃した。

黒い長衣が、

ぱあっ
と広がり、刀が抜かれて、栄五郎らといきなり乱戦になった。

「そなたら、名を名乗らぬか」

聖次郎は一統の真ん中に立つ一人と斬り結びながら、問うた。

だが、言葉を発しないまま攻め込んできた。

栄五郎らもこの一年、座光寺藤之助の指導の下に腕を磨いてきたのだ。そうそう引き下がることはできなかった。

丁々発止《ちようちようはつし》の刀と刀の斬り合いの音は長崎西支所の門番の耳に達したとみえて、門番たちが明かりを手に小脇に六尺棒を携えて走ってきた。

それを見たか、船中から、
ぴゅっ
と口笛が鳴らされて、黒衣の一団がするすると下がった。

「追うな、深追い致すな」

聖次郎が仲間を制止して一団が船に戻り、船着場をするすると離れた。そして、舳先を長崎湾の奥へ向けたとき、船中から栄五郎らの足元に小さな包みが投げられた。

「栄五郎、懐《ふところ》に仕舞《しま》っておけ」

と聖次郎が咄嗟《とっさ》に命じて、栄五郎が布包みを懐に突っ込んだ。

「なにをしておる」

強盗提灯《がんどうぢょうちん》の明かりが誰何の声と一緒に聖次郎らの姿を浮かび上がらせた。

四

ドーニャ・マリア・薫子《かおるこ》・デ・ソトは角力灘《すもうなだ》に沈む夕日を見ていた。鈍色《にびいろ》の波が次から次へと薫子の立つ断崖と出津《しつ》浜の入り江へと押し寄せて砕け散った。

薫子は出津浜の一角にひっそりと舫《もや》われた小帆艇《しょうはんてい》レイナ号にちらりと視線をやった。玲奈がレイナ号をこの浜に預けてからそろそろ二月が過ぎようとしていた。

(異国に渡った玲奈と藤之助様はどうしておられるか)

風が吹き荒《すさ》ぶ断崖上に片膝《かたひざ》を突き、頭《こうべ》を垂れた薫子は胸の前で十字を切ると、唱えた。

「ガラサミチミチ給《たま》うマリア、御身に御礼をなし奉《たてまつ》る。

御主は御身と共に在《おわ》します。

御身は女人の中において分けて御果報いみじきなり。亦《また》御胎内のおん身にて在しますデズスは尊《たつと》く在します。デズスの御母サンタマリア様、今もわれら悪人のために祈り給え。

サンタマリア様、異郷の地に出た玲奈と藤之助の身に何事もなからんことを祈り給え、アーメン」

幕府大目付宗門御改大久保純友の罠に落ちて拷問倉に連れ込まれ、厳しい責めに耐えた藤之助のぼろ切れのような体をレイナ号に横たえて玲奈が外海《そとめ》を訪れたのは、師走初めのことだった。

藤之助の身を案じる薫子に玲奈はあっさりと、

「母上、異国に渡るわ」

と宣告した。そして、

「レイナ号を預かって」

と願った。

「異国とはどこか尋《たず》ねてよいか、玲奈」

「聞かないほうが母上のためよ」

娘はあっさりと言った。

「玲奈、娘が遠い地に旅立とうというのに、母はその行き先も知ることが出来ませぬか」

「母上、勘違いをなさらないで。長崎を捨てて異国に出向くわけではないの」

座光寺藤之助が荒尾長崎奉行、永井伝習所総監に命じられた万願寺二月押込めの間を利用して異国に出向くだけだと、玲奈は説明した。

「長崎会所の御用なのね」

「私は藤之助に一日も早く異国の現実を見せたいだけよ」

「玲奈はミゲルの血を引いている。こうと決めたことは必ずやり遂げてきたわ」

ミゲルとはかつて長崎の阿蘭陀商館の医師にして薫子の夫であり、玲奈の父、ドン・ミゲル・フェルナンデス・デ・ソトだ。

「父上が不在の折に母上はいつも無事を祈っておられた。私と藤之助のためにそうして」

薫子は娘の願いに、ただ頷いて受け入れた。

あれから五十数日が過ぎようとしていた。

「薫子様、ミサの刻限にございます」

ジイヤクのサンジワン千右衛門《せんえもん》がバスチャン洞窟《どうくつ》屋敷と呼ばれる教会で宵《よい》のミサが

始まると知らせてきた。

頷いた薫子は、今一度角力灘に目をやった。

鈍色の海がそのまま空に立ち上がったように濁り、厚い雲間に一条の朱色の光が疾《はし》った。それも一瞬にして雲に覆《おお》われ、残照の光は宵闇に溶け消えた。

おごそかな時が過ぎた。

バスチャン洞窟屋敷での夜通しのミサは続いていた。

薫子が角力灘を見下ろす出津浜の断崖上に戻ったとき、すでに朝の光が海を照らし付けていた。

薫子は娘らの無事を祈るためにその場に片膝を突いた。

そのとき、出津浜の入り江の一角に舫われたレイナ号が忽然《こつぜん》と消えているのに気付いた。舫われた船体を流すほど角力灘は荒れてはいなかった。

「デズスの御母サンタマリア様、高島玲奈と座光寺藤之助二人の無事帰国を感謝申し上げます、アーメン」

薫子の口をこの言葉が吐《つ》いた。

海軍伝習所の剣道場で朝稽古が終わった。

その後、食堂《じきどう》に伝習所初代総監永井玄蕃頭尚志《げんばのかみなおゆき》以下日本人教授方、第一期生、第二期生ら全員が参列して御餐《ごさん》が催された。

第一期生の中には矢田堀景蔵《やたぼりけいぞう》のように伝習所を卒業して実務に就《つ》く者もいた。その祝いの御餐会の後、伝習生全員に三日間の休みが許された。

一柳聖次郎ら第二期生十一人は無人の剣道場に戻った。

「聖次郎、永井総監は藤之助の去就について一言も触れられなかったぞ。どういうわけか」

栄五郎が早速言い出した。

「大目付大久保純友どののことを気にして敢《あ》えて触れられなかったのだ」

「聖次郎、おれはそうは聞かなかった。なにやらすでに忘れられた存在のように聞こえた」

「栄五郎、そなた、まだ藤之助の器量が分かっておらぬ。あの人物なれば平然としてわれらのもとに戻ってくる」

島村呉輔《しまむらごすけ》が応じた。

「それは分かっておる。だが、われら、この二月藤之助を力付ける行動を一つもしておらぬ。友達甲斐《がい》がないではないか」

栄五郎が言いながら、懐から縞模様の古切れに包まれたものを一座の真ん中にどんと置いた。

それは遅れ冬至の夜、大波止の船着場に姿を見せた黒衣の一団が引き上げる折に、栄五郎らの足元に投げ置いていったものだ。訝《いぶか》しいことに一団は栄五郎たちを傷つけることなく去っていった。

栄五郎が布切れを解いた。すると黒ずんだ木札が付けられた大きな鉄製の鍵が現れた。このことについて十一人全員が承知していた。

「またこの鍵の謎か」

聖次郎が思案投げ首の体で呟いた。

「あやつらがなぜ万願寺との木札が付けられた鍵なぞ放り投げて寄越したか」

「だから、われらの目で確かめよということであろうが」

何度も繰り返された会話だった。

塩谷十三郎が鍵を取り上げ、

「まずあやつらの正体が知れん、われらに投げて寄越した意図も分からぬ。さらにこの鍵が万願寺の座敷牢の鍵と決まったわけではない。分からぬ尽くめでわれらが万願寺に密《ひそか》に乗り込んでよいものであろうか。見つかればわれらお叱りくらいではすまぬ、伝習所を退所させられるやもしれぬ」

大波止船着場での騒ぎの後、聖次郎らは永井総監や長崎奉行所同心の調べを受けた。長崎奉行所西支所の門番の証言もあって、いきなり怪しげな集団に襲われた聖次郎らにお咎めはなかった。

聖次郎らもまた事実関係を正直に答えたが、足元に投げられた鍵の一件だけは告げなかった。なにか藤之助の身に関わりがあるものと思えたからだ。

「罠《わな》とおれも承知しておる。にも拘《かか》わらずなにもせんのはやはり生死を共にと誓い合った友達甲斐がないというものではないか、聖次郎」

この鍵を巡り、慎重派の聖次郎組と藤之助の身の安全を確かめようという行動派の栄五郎組の意見が分かれていた。

「栄五郎、もう数日もすれば座光寺藤之助がどうしておるか分かる」

「戻ってくるという保証がどこにある。聖次郎、そなたらが嫌なれば行動に賛意を示す者だけで動く」

栄五郎がいつになく険しい表情で言い出した。

「拙速《せっそく》な行動は慎め」

両派が対立した。

「待て待て、われら十一人が割れてはならぬ」

と数少ない中間派の谷脇豊次郎《たにわきとよじろう》が互いを制した。

「そなた、考えを保留しておったな。この際だ、態度をはっきりせえ」

栄五郎が谷脇の決断を強いた。

「おれは決めた」

「なにを決めたというのだ」

「永井総監に座光寺藤之助教授方の迎えに参るとお伝えして正々堂々と万願寺に出向く」

「藤之助が万願寺におるとの前提で乗り込むつもりか。それでは聖次郎らと同じではないか」

「まあ、聞け、栄五郎。それがしが言及しておるのはこの三日の間の行動だ。われらが休みをどう使おうと問題はあるまい。休みを利用して万願寺に出向く、それなればなんの差し障りもなかろう」

「谷脇、なにが言いたいか分からぬ」

「休みの間、万願寺山門前にて坐禅《ざぜん》を組んで待つ」

「二月が明けても蟄居が許されぬときはどうする。いや、それがしが心配するように藤之助が寺におらぬときはどうする」

「そのときは伝習所の暮らしに戻る」

「それだけの話か」

「それだけではいかんか。それがしは少しでも近くで座光寺教授方と同じ空気を感じたいだけだ」

「ただ待つ、それではお奉行も大久保どのも文句の付けようはないわな」

栄五郎が谷脇の考えを蔑《さげす》んだように言った。

「栄五郎、三日三晩、短いようで長い。雨も降れば、春の雪が襲わぬとも限らぬ」

「待てよ」

聖次郎が言い、谷脇をひたっと睨《にら》んだ。

「そなた、万願寺に忍び込む機会を狙ってさようなことを考え出したか。さようであろう。ただ山門に十一人が雁首《がんくび》揃《そろ》えて待つということはそのようなことだ」

「聖次郎、おれは万願寺の山門前でただ坐禅を組んで待つと申しただけだ」

意見を異にする一同に長い沈黙が落ちた。谷脇が提案した三晩三日山門で坐禅を組みながら、藤之助を迎えるという行動の真意を互いがあれこれと考えた。

「よし、それがしが永井総監らに万願寺山門前坐禅の一件を申し上げてくる。提案者の谷脇豊次郎、それがしに同道せえ」

と聖次郎が言い出し、

「ご両人、お奉行からそのような行動をしてはならぬなどという言葉を貰《もら》ってくるでないぞ」

栄五郎が聖次郎と谷脇の二人を送り出した。


稲佐山の北山麓にある曹洞宗福寿山《そうとうしゆうふくじゆさん》万願寺は長崎湾を見下ろすところにあった。海軍伝習所第二期生十一人が万願寺山門前に坐禅を組み始めたのは、安政四年二月三日夕暮れ前のことだった。

一柳聖次郎と谷脇豊次郎が荒尾奉行らに面会を求めて仲間のもとから去ってから一刻余りが過ぎ、

「ようやく許しが出た」

「ほう、奉行はなにか申されたか」

「栄五郎、厳しい拒絶に遭《あ》い、叱責もされたがな、此度、谷脇豊次郎が粘り強く奉行や永井総監を説得致した。栄五郎、谷脇に礼を申せ」

栄五郎が豊次郎に、

「よう頑張った」

と言い、

「注文が付いた。万願寺の迷惑になるようなことは一切なしてはならぬ。もし寺方から注文あらばどのような命《めい》も潔く受け入れる」

と谷脇が応じた。

ふうーん
と鼻で答えた栄五郎がしばし考えた後、

「あとは参ってからだ」

と宣告すると立ち上がろうとした。

「此度の席には大目付宗門御改大久保純友様はおられなかった。永井総監から宗門御改とはどのようなことでも絶対に揉《も》めるなという一条が付け加えられた。ご一同、ゆえにちと仕度がいる」

と聖次郎が説明すると、

「全員稽古着に木刀を持参せえ。おれは幟《のぼり》を用意する」

と言い足した。

忙しい仕度の後、一同は隊列を整え幟を立てて、長崎市中を陸路で稲佐山の万願寺に向かった。

「さすがに山じゃな、伝習所のある対岸より寒さが厳しいぞ」

「早泣き言か、栄五郎」

「ただ感想を述べただけだ、いかぬか」

一同は稽古着姿で山門前の石段上に、

「寒修行　海軍伝習所第二期生一同」

と墨痕《ぼっこん》鮮やかに認《したた》められた幟を立てて坐禅を組み始めた。

稽古着の下は石だ。

時が経つにつれて深々《しんしん》と冷え込んできた。

幟を立てての寒修行、谷脇豊次郎が考え出した万願寺出迎えの許諾の策の一つだった。

荒尾奉行も永井総監も伝習生一柳聖次郎らと教授方座光寺藤之助の一方《ひとかた》ならぬ付き合いを考慮して許しを与えたのだ。

坐禅半刻が過ぎて夕暮れが迫り、麓の明かりの灯《とも》った家々から夕餉《ゆうげ》の膳を囲む賑やかな声が漏れてきた。

「腹が減った」

と栄五郎が呟いた。もはやだれもなにも答えない。

坐禅に神経を集中しようとした。

不意に山門内に足音がして僧侶と小僧の二人が山門を閉めにきて聖次郎らの姿に気付き、

「そなた様方は」

と驚きを見せた。

「御坊、われら、海軍伝習所第二期生一同にござる、怪しいものではない。伝習所の休みを利用して幟にあるとおり寒修行を敢行することにした。奉行にはお断りしてきた。当寺には迷惑をかけぬで、しばらくこの場をお借りすることができようか」

一柳聖次郎が丁重に願った。

曹洞宗は禅宗の一派、伝習生の、

「寒修行に坐禅を組む」

という申し出を無下には断れない。

「伝習所の方々でしたか。それにしても山寺の外は冷えますぞ」

「覚悟しておる」

壮年の僧侶が小僧に何事か命じて奥へと出向かせた。

「御坊、ちとお伺《うかが》いしてよいか」

そこへ栄五郎が言い出した。

「なんでございましょうな」

「当山万願寺、われらが剣術の師座光寺藤之助為清教授方が世話になっておる寺と、ただ今気付き申した。師は元気でござろうかな」

「は、はあん。そなた様方は座光寺藤之助様の身を案じて、かようなことを考え出されましたな」

「いや、座光寺先生の蟄居とは一切関わりがござらぬ。われらはあくまで寒修行にござる」

と栄五郎が応じたとき、

「それは殊勝な心がけにございますな」

と山門奥から声がして万願寺住職金村日達《かねむらにちたつ》が姿を見せた。

最前の小僧が行灯《あんどん》を下げてきて、その明かりが坐禅姿の一同を浮かび上がらせた。

「和尚《おしょう》どの、山門前を無断にて借り受け申した、お許しあれ」

と一柳聖次郎が坐禅の姿勢で頭を下げ、一同が真似《まね》た。

「寒行は若いうちならばこその修行にございますれば、精々《せいぜい》お勤めなされ」

「おお、お許しが出たぞ」

再び一同が日達和尚に平伏した。

「さすがに座光寺様の門弟衆、礼儀を弁《わきま》えておられる」

日達の方から藤之助の名を出した。

「われらが師匠も謹慎修行を続けておられましょうな」

「そなた様のお名前は」

「それがし、酒井栄五郎と申す。江戸は北辰一刀流千葉周作《ほくしんいっとうりゅうちばしゅうさく》道場の同門にござった」

「酒井様、拙僧らも座敷牢の座光寺様と接触を持つことを禁じられております。されど蟄居の沙汰《さた》を謹んでお受けなされ、離れ屋の座敷牢で淡々と勤めておられること、洩れ聞いておりますれば、そなた様方との再会も近々実現できましょう」

師の身を案じて寒修行の坐禅を編み出した若い伝習生の意気に感じたか、日達が説明すると、

「坐禅は心身を一つに融合させる修行にござれば精々勤められよ」

と最後に言い残した。その直後、
ぎいっ
という門が軋《きし》む音がして山門が閉ざされた。

「なんだ、愛想がないな」

栄五郎が呟いた。

「そなた、万願寺に接待でも求めて参ったか」

谷脇豊次郎が反問したが、栄五郎は直ぐには応じなかった。

さらに半刻が過ぎた。

「座光寺藤之助は離れ屋の座敷牢じゃそうな」

栄五郎の呟きが洩れたがだれもなにも答えなかった。

五

長い、寒い夜が明けた。

ひ、ひいっ
栄五郎が情けない声を上げた。

「そなたも賛成したことではないか。一晩で音《ね》を上げたか」

「聖次郎、寒くはないか」

「そなただけではない、だれもが寒い。だがな、われら、海軍伝習所第二期生の覚悟を示すときだ。なにも寺に忍び込んで座光寺藤之助と面会することが藤之助教授方を勇気づけることではあるまい。一緒に稲佐福寿山万願寺の冷気を体感する、これもわれらが教授方を鼓舞し、われらがともにあることを示す行動と思わぬか」

「われらが坐禅をしておるということは藤之助に伝わると申すか」

「すでに伝わっているかもしれぬ」

聖次郎は一晩山門前で坐禅を組んでみて、そんな考えが湧いた。

「ここにおらぬかもしれぬ」

「そのような考えはもはやどうでもよいことと思わぬか、栄五郎」

「なぜだ」

「座光寺藤之助がこの二月どうしたかを問われているわけではない。われら十一人が問われているのだ。藤之助教授方のためにわれらがなにをなしたかが大事と思わぬか」

「坐禅で気持ちが伝わるか」

「伝わる」

一柳聖次郎が言い切った。

「おれもそう思う」

と万願寺山門前での坐禅を提案した谷脇豊次郎が聖次郎に賛意を示し、おれもおれもと栄五郎を除く仲間が続いた。

「そなたら、もう二晩、寒さに耐えるというのか」

「われらに許された時間、この山門前で耐え抜いてみせる」

聖次郎が言い、一同が頷き、最後に栄五郎が、

「寒夜に坐禅か」

と情けなさそうな顔で呟いた。

四半刻《しはんとき》後、ぎいっと山門が開かれ、万願寺の小僧が姿を見せて、十一人に向かい合《がっ》掌《しょう》した。

その瞬間、栄五郎の気持ちに変化が生じた。

小僧の気持ちを変えたのはわれらの頑張りやもしれぬと栄五郎は思った。

(よし、ここは酒井栄五郎の度量を示すときぞ)

山門の奥からもう一人、僧侶が姿を見せた。

昨夕、小僧と一緒に門を閉ざしにきた壮年の僧侶だ。

その僧もまた聖次郎ら十一人の前で合掌すると無言の裡《うち》に、

「寒修行」

を称《たた》えた。

聖次郎らも合掌を返して二人の気持ちに応えた。

「ご一統様、金村日達師よりの言葉にございます。山門にて結跏趺坐《けっかふざ》を組まれる間、朝夕粗餐《そさん》を差し上げたい、二組が交互に四半刻の休憩をとられませぬかとの申し出にございます。いかがなされますか」

聖次郎が厚志に感謝すると仲間を振り見た。一同はどうしたものかと迷う表情を見せた。すると栄五郎が、

「聖次郎、有難くお受けしよう。正直、一晩の坐禅がこれほど厳しく体に応えるとは思わなかった」

「そなた、また泣き言か」

「違う、聞け。和尚の御志を受け入れるのは谷脇豊次郎の発案を十一人全員が全うするためだ。われらが無理をして、体を壊すことにでもなればこれからの学業訓練に差し支える。それはわれらの本意ではなかろう。あくまで藤之助にわれらがともにあることが伝わればよいのだ」

「よし、そなたの気持ち、相分《あい》かった」

聖次郎が、

「ご厚志有難くお受けしたい」

と伝えた。

「ならば最初の組、拙僧に従って庫裏《くり》までおいでなされ」

「酒井栄五郎、塩谷十三郎、島村呉輔」

と聖次郎が一の組六名を指名し、

「よいのか、われらが先で」

「栄五郎、くれぐれも和尚の気持ちを踏《ふ》み躙《にじ》る行動をとるではないぞ」

「分かった」

と坐禅を解いた栄五郎ら六人が足の痺《しび》れを堪《こら》えてよろよろと立ち上がり、山門内へと姿を消した。

聖次郎は万願寺の厚意に謝する合掌をなすと再び瞑想《めいそう》した。

ただ坐禅を通じて座光寺藤之助に連帯の気持ちを伝えることがどれほど厳しく、かつ清々《すがすが》しいことか。一晩寒さと痛みに耐えた聖次郎は分かっていた。

（なんとしてもやり抜く）

その覚悟で雑念を振り払い、明鏡止水の気持ちを整えようとしたとき、肌に突き刺さるような視線を感じた。

当然、考えられた、

「監視の目」

だ。

聖次郎は敢《あ》えてその目を無視して坐禅を続けた。

四半刻後、一椀の粥《かゆ》と香《こう》のものと白湯《さゆ》の接待を受けた栄五郎らが戻ってきた。

「一椀の粥があれほど美味とは」

と感想を述べようとする栄五郎に、

「栄五郎、無駄口を利《き》くな。われら、監視されておる」

と囁《ささや》いた。

「なにっ、宗門御改か」

「そう考えたほうがよかろう」

聖次郎らが交替で朝餉《あさげ》の接待に立った。


大目付宗門御改大久保純友が配下の者を連れて万願寺山門に姿を見せたのは、二日目の昼前のことだ。

「その方ら、賢《さか》しら顔《がお》でなにを考えておる」

大久保の言葉に聖次郎らの瞑想は中断された。両眼を静かに開けた一同の前に長崎に長期滞在する大目付宗門御改が立っていた。

「見てのとおり寒修行の坐禅にございます」

「なにを考えたか知らぬが、その方らが座光寺藤之助と連絡をとる行動を起こしたとき、座光寺もその方らも身の破滅と思え」

「それを大久保どのはお望みではございませんか」

栄五郎が応じた。

「酒井栄五郎、その方の父は御側衆《おそばしゅう》であったな。部屋住みのそなたが海軍伝習所に入所できたは父親の引きのおかげか」

「大目付どの、海軍伝習所に入所できたはそれがしの力と自惚《うぬぼ》れてはおりませぬ。じゃが、入った以上は教授方に迷惑をかけぬように頑張っております。それでもなお、大目付どのは入所の経緯《いきさつ》を穿《ほじく》り返されますか」

「なにっ」

長崎奉行所付密偵佐城《さじょう》の利吉《りきち》が折れ弓を片手に振りまわしながら、

「てめえ、海軍伝習生の身で幕府大目付宗門御改大久保肥後守《ひごのかみ》純友様に逆らうか」

と威嚇《いかく》してきた。

「栄五郎、御用聞き風情の挑発に乗るではないぞ」

「てめえら、若僧がふざけたことを吐《ぬ》かすな」

利吉の浅黒い顔が紅潮し、折れ弓で栄五郎と聖次郎の二人を殴り付けようとした。

「お寺さんの前で乱暴はいけんね」

万願寺の石段下からのんびりとした声がした。

江戸町惣町乙名の椚田太郎次だ。閼伽桶《あかおけ》を持った若い衆を従わせていた。

「佐城の利吉親分、まだ長崎の事情もよう分かっておられん若様方たい、我慢してくれんね」

「惣町乙名、ちょいと差し出がましいぞ」

「それは重々承知の上で頼みたい」

「おめえ、長崎会所のお偉いさんかどうか知らぬが、出しゃばり過ぎるぜ。幕府大目付宗門御改の大久保様の面前ということを忘れてねえか」

「利吉親分、そげんこつは重々分かっとります。大久保様自らのお出張り、ご苦労にございますと思うちょります」

「ふざけやがって。長崎会所がどれほど力を持ってようと長崎奉行所の下にあることを忘れるな」

「親分、奉行所と会所、親分がむつきをしていた以前からの関わりですもん。そげんこつは、この太郎次、他人様に教えられんでんよう承知しておりますもん」

「それが分かってご託《たく》を並べる算段か。ちいと痛い目を見るか」

利吉が今度は太郎次に向かった。すると閼伽桶を下げていた若い衆も太郎次を守るように利吉の前に出た。

いきなり利吉の折れ弓がしなり、若い衆の額を殴り付けた。

片膝を突いた若い衆が片手で殴られた額を押さえた。その手の間から血潮がどっと噴き出してきた。

利吉がさらに殴り付けようと折れ弓を構えた。

「止《や》めなせえ」

太郎次が今度は若い衆を庇《かば》って利吉との間に割って入った。

大久保純友に従っていた同心が刀の柄に手をかけた。

「おのれ」

結跏趺坐を組む酒井栄五郎が傍らの木刀を引き付けようとした。その手を一柳聖次郎が押さえ、

「太郎次どのに任せよ」

と自制を促した。

「佐城の、おめえさんが江戸からぼうふらんごとふらふら流れ着いたんはくさ、二十年も前やったかね。長崎の土地に馴染《なじ》んだと思うちょったが、なんも分かっちょらんね。こん若い衆の額を割った咎《とが》はいずれ受けてもらいますばい」

「椚田太郎次、おれをただの御用聞きと侮《あなど》ったか」

「おめえさんが大きか面《つら》に長崎奉行所付密偵と大看板ばぶら下げてくさ、威張《いばり》くさってのし歩いているのは長崎じゅうが承知ですたい」

太郎次は若い衆の額を割られた怒りもあって簡単には引き下がらなかった。

「利吉、江戸町惣町乙名を西支所の拷問倉に引き立てるか」

と大久保純友が命じた。

「大久保様、わっしを拷問倉に連れ込むち言いなさるね、面白かね」

「面白いか」

「二月前も伝習所剣術教授方座光寺藤之助様を不確かな疑いばかけてくさ、連れ込まれて酷《ひど》い仕打ちばなさったばかりたいね。今度はわっしの番ちゅうならたい、そうしなっせ。ばってん、代償は高うつきまっしょ」

「その方、町人の分際で幕府大目付大久保を脅すか」

「わっしはたい、長崎ん法ば説いておるだけたい」

大久保が石段を下りた。

太郎次が身構えた。

「お待ちなされ」

と再び声が万願寺山門前に響いて、紫の袈裟《けさ》姿に威儀を正して金村日達師が姿を見せた。

「江戸町惣町乙名、お引きなされ」

と太郎次に言いかけた日達が大久保純友を石段上からにこやかに見た。

「大久保様、ここは御仏《みほとけ》がおわします寺領にございますぞ。いくら宗門御改と申されても乱暴に過ぎましょうな。それでん江戸町惣町乙名を縄目にかくると申されますならたい、長崎じゅうば敵に回すことになりますが宜しいかな」

「幕府大目付の職掌《しょくしょう》を侮るや」

「そげんこつはだれも申しておりまっせん。ばってん、大久保様、長崎ちゅう重箱の隅ば突つくことばかりに夢中になってくさ、うつつを抜かされとる間に異国の砲艦が長崎沖をうろついてどうにもならんごつなっとろうもん。刻々と変わる時代の趨勢《すうせい》ば見落とすことほど愚かなことはございまっせん。新しい時代を担う若い方々の寒修行ちゅう純な気持ちを素直に得心してやってくれなさらんな」

と日達が諭すように言った。

「おのれ」

「愚僧を捕まえなさるな。長崎ん寺はくさ、代々くさ、かくれきりしたんを取り締まる長崎奉行所の宗門御改にそれなりの助勢をしてきたつもりですたい。長崎会所と寺方を敵に回して、そなた様の御用が務まると思いなさるな」

老僧が、
くあっ
と両眼を見開いて大久保を睨《にら》んだ。

「この一件、必ずや決着を付けてみせる」

と言い捨てた大久保純友一行が万願寺山門前から立ち去った。

「和尚、助かった」

「いらん世話やったもんね。それよか若い衆の怪我の治療を庫裏でさせまっしょ。若い衆を連れていかんね」

と山門下で騒ぎの様子を見ていた壮年の僧侶を手招いた。

「大した怪我じゃございまっせんたい」

それでも太郎次が若い衆を僧に託した。

「すまぬ、それがしが御用聞きの挑発に乗らねば若い衆が怪我をすることもなかった」

「いや、酒井様、おまえ様よう我慢しなさった。ばってん、年上のわっしが佐城の利吉の口につい乗せられて日達和尚まで引き出すことになりました」

と太郎次が苦笑いし、

「長崎にくさ、座光寺藤之助様がおられんと、なんやら腹の虫がくさ、むしゃくしゃしますもん」

と言い足した。

「それももう少しの辛抱たいね」

という日達の言葉に栄五郎らが飛び付いた。

「和尚、座光寺藤之助教授方とわれら、いつ再会できようか」

「これぱっかりは荒尾様と永井様のお決めになることですたい。ばってん、二月の押込めが変わっとらんならたい、そろそろ座敷牢から出られる通知が届いてもよか頃たいね、どげん思うね、江戸町惣町乙名」

「一柳様方が寒修行をこうして続けておられるときにくさ、蟄居の沙汰が解けるとよかがな」

と応じながら、大久保純友らの監視が厳しくなった以上、藤之助の解き放ちが一日も早いほうがなにかとよいのに、と太郎次は考えていた。

「ご一同、そなた様方の休みは明日の夜半までございましたな。坐禅はぎりぎりの刻限まで続けられますな」

太郎次の問いに頷き返した聖次郎が、

「和尚、われら、この山門下に参るまでなにをなすためにここに来るのか判然としなかった、それが正直な気持ちであった。だが、一晩、寒さと睡魔に襲われながら悟ったことがござる。座光寺藤之助剣術教授方の傍らで過ごすことに意味があると悟ったのだ。どこまでわれら十一人が耐えられるか、この場で坐禅を続ける所存にござる」

「行動する愚者もござれば不動の賢者もございまっしょ。坐禅とは動かずして広大無辺の宇宙の理《ことわり》を悟ることにありますたい。よき機と考え、試してみなさらんね」

聖次郎らは合掌して日達和尚の言葉を受けた。

長崎海軍伝習所第二期生十一人が万願寺の山門下で坐禅を組んでおるという話は、半日もせずして長崎じゅうに広まった。

墓参りにきた家族、なんとなく見物にきた冷やかしの男衆が無精髭《ぶしょうひげ》を生やした十一人が痛みと寒さに堪《こら》えて結跏趺坐をしている姿に、

「先生んこつ思うて折角《せっかく》の休みば坐禅にあてなさったな、若いうちの苦労は買うてでんしろと言いますもん、いつの日かこん苦労がくさ、実ることもございまっしょ」

と言いながらお布施を置いていったり拝んでいく者もいた。

そんな最中、万願寺は長崎奉行所の使者を迎えた。三日目の昼過ぎのことだ。

「おい、お使者が来たぞ。藤之助の蟄居が終わったのではないか」

栄五郎が薄眼を開いて使者の到着を確かめ、聖次郎に小声で言いかけた。

「栄五郎、坐禅に専念せよ。われらはわれらの本意を尽くす」

使者もまた聖次郎らが寒修行に耐える姿に視線を落とすことなく山門奥へと消えさり、半刻後に使者一行は何事もなかったように長崎へと戻っていった。

「座光寺藤之助はやはり寺におらなかったのではないか。なんの変わりもないぞ」

栄五郎が呟いたが十人の仲間は坐禅に没入していた。

寒さが募る中、ただ石の上に座す寒修行になんとか耐えてその夜を迎えた。

夕餉の折、膝の痛みでまっすぐに歩けるものはだれ一人としていなかった。

栄五郎は寺からなにか藤之助の動静について話があるかと期待したが、一言もなく

寺はいつもどおりだった。

二組に分かれて夕餉を終えた一同は再び山門前で結跏趺坐を組み直すと膝の前で両手を合わせ、瞑想に入った。

気温が下がったせいで栄五郎らの体温も下がり、とろとろとした睡魔に襲われた。

「眠るでない、死ぬぞ」

隣りの仲間の体が傾いたとき、互いを励まし合いながら睡魔を追い払った。だが、段々と夜が更けるにつれて十一人は無念無想に自らの意思を保てなくなっていた。

栄五郎は、いつしか夢を見ていた。お玉ヶ池の玄武館《げんぶかん》道場の稽古の風景を思い描いていた。

北辰一刀流の流祖千葉周作の次男の栄次郎成之《えいじろうしげゆき》が黒い稽古着を着て木刀を手に立ち合っていた。

「軽業《かるわざ》栄次郎は周作を凌《しの》ぐ」

と評判の栄次郎を相手に身丈六尺を超えた若武者が白い稽古着で奮闘していた。

(あやつはだれか)

二人の体がぶつかりあい木刀が打ち合わされて、次の瞬間、飛び下がった。

「おお、藤之助か」

白い稽古着の長身が躍るように飛び下がると、
ふわり
と落ちた。
その額から真っ赤な血が一筋流れ出して、体がぐらりと揺れた。
「と、藤之助」
と叫んだ栄五郎の夢は掻《か》き消え、自らは意識を失った。

第三章　長崎くんち

一

春の雪がちらついていた。

深夜、稲佐《いなさ》の万願寺《まんがんじ》の屋根がうっすらと雪を掃《は》いていた。

座光寺藤之助《ざこうじとうのすけ》は深々《しんしん》と冷え込む外気の中、山門前で寒修行の坐禅《ざぜん》を組んでいるという一柳聖次郎《ひとつやなぎせいじろう》らの身を考えた。

貴重な休みを返上して坐禅をなす、これ偏《ひとえ》に藤之助を勇気付けようとしてのことだ。

だれが言い出したか。

藤之助らは寧波《ニンポー》からジャーディン・マセソン商会の雇船《やといぶね》に乗って一気に東シナ海を

突っ切り、角力灘《すもうなだ》に達すると外海《そとめ》の出津《しつ》浜で懐かしの短艇レイナ号に乗り替えた。

九つ半（午前一時）の頃合いだ。

二月《ふたつき》、出津浜に舫《もや》われていた小帆艇《しょうはんてい》は出津浜の隠れきりしたん衆の丹念な手入れを受けてなんら帆走に支障がなかった。

二人は無言裡《り》にレイナ号の舫い綱《づな》を外し、外海に出た。

「藤之助、万願寺の座敷牢に戻るのよ」

「戻るもなにもそれがしは万願寺に運ばれたことすら知らぬ。此度《こたび》が初めての訪《おとな》いじゃぞ」

「忘れないで。この二月座敷牢に蟄居《ちっきょ》していた身ということをね」

「寧波以来、食べるものを控えてきたし、髭《ひげ》も伸ばし放題にしてきた。少しは幽閉されてやつれたようには見えぬか」

「座敷牢に閉じ込められていたにしては顔がよく日焼けして、やつれなどどこにも見えないわ。長崎には大目付宗門御改《おおめつけしゅうもんおおあらため》が手薬煉《てぐすね》引いて待っているし、言い訳を考えておきなさい」

「忘れておった。じゃがこれ以上変えようはないわ」

「そうね、そのほうが藤之助らしいかしら」

レイナ号は二月海に出なかったことを取り戻すように夜の海を一気に帆走して鼠島《ねずみじま》の傍《かたわ》らを抜けて長崎湾に入った。

「私たち、なにかが変わったと思う」

玲奈《れいな》が初めての異国行きを敢行した自らの心境に自問するように、藤之助に聞いた。

「世界の一端に触れたのだ。心境に変化がなくてはなるまいがあまり意識はせぬな。これまで全く視界を閉ざされていた世界がおぼろげにも見えてきたといったほうがいいか」

「そうね、漠然とした目標が出来たことは確かね」

「玲奈、われらは一旦《いったん》その考えを忘れて長崎の暮らしに戻らねばならぬ。それが今大事なことだ」

舵棒《かじぼう》を握る玲奈が傍らに座る藤之助の肩を抱き寄せると、

「大変な旅だったわね」

「なんのことがあろう」

「ありがとう、藤之助」

と言うと唇《くちびる》に接吻《せっぷん》をしてくれた。

福寿山《ふくじゅさん》万願寺に独り潜入した藤之助は、玲奈に聞いた離れ屋に潜《もぐ》り込んだ。すると

老僧が座敷牢の前に独り待ち受けて、

「座光寺藤之助どの、よう戻られた」

と出迎えた。

「金村日達和尚《かねむらにちたつおしよう》、よしなのお付き合いのほどを願います」

むろん二人は初対面といってよい。なにしろ二月前に、藤之助がこの寺に運び込まれたとき、意識を失った状態だった。そして、藤之助は意識のないまま海を渡っていた。

全てを飲み込んだ日達に藤之助は腰の大小を渡すと、座敷牢に自ら入った。

座敷牢に入った夕刻、伝習所第二期生一柳聖次郎ら十一人が寒修行の坐禅を山門下で組み始めたことを膳に付された結び文で知らされた。

藤之助は、聖次郎らの心意気を察すると自らも坐禅を始めた。

聖次郎らの寒修行が座光寺藤之助の押込め解放を急がせたか、あるいは江戸町惣町乙名《えどまちそうまちおとな》の椚田太郎次《くぬぎだたろうじ》の奉行所への働きかけが功を奏したか、三日目の日に長崎奉行所使者、筆頭与力長尾三太夫《ながおさんだゆう》が訪れ、

「長崎奉行荒尾成允様《あらおしげまさ》、海軍伝習所総監永井玄蕃頭尚志様《ながいげんばのかみなおゆき》の使者長尾三太夫にござる」

と名乗った。

「造作をお掛け申す」

「伝習所剣術教授方座光寺藤之助為清《ためすが》に申し伝える、畏《かしこ》まって御受け致せ」

「はっ」

座敷牢の中で平伏した藤之助は使者の口上《こうじょう》を受けた。

「長崎伝習所剣術教授方二月万願寺押込めの儀、二月満了の夜半九つ（午後十二時）をもって自由放免と処す」

「有難き幸せにございます」

藤之助の二月座敷牢押込めは、実質わずか三日足らずで終わりを告げることになった。

座敷牢の中で藤之助は、盥《たらい》に張られた湯で身を清め、髷《まげ》を洗った。さらに高島家《たかしま》が遣《つか》わした髪結いに髭を当たられ、髷を結い直された。

玲奈の心遣いだろう、蓬色《よもぎいろ》の小袖《こそで》に羽織袴《はおりはかま》が高島家から届けられて着換えた。

離れ屋で夜半九つを静かに待った。

春の雪が降り始めた刻限、九つの時鐘が殷々《いんいん》と万願寺の離れ屋に伝わってきた。すると離れ屋に人の気配がして万願寺の金村日達が座敷牢の鍵を持参して、

「座光寺藤之助様、当寺座敷牢押込め二月の咎《とが》めただ今九つの刻限をもって終了致しました」

「和尚、世話になり申した」

互いが顔を見合わせ、日達が鍵で錠前を外して藤之助を外に出した。そこには藤源《とうげん》次《じ》助真《すけざね》と脇差長治《わきざしおさはる》があった。

「座光寺様、夜明けまでしばし休息なされませぬか、朝になればお仲間と一緒に伝習所に戻れましょう」

「自由の身になったなれば直《す》ぐにも皆に会いとうござる」

「ならば参られませ」

藤之助は一歩一歩踏みしめるように離れ屋を出ると玄関に置かれてあった雪駄《せった》を履《は》いた。

雪が万願寺の庭に霏々《ひひ》と降っていた。

藤之助は辺りを見回すと庭へと踏み出した。

その瞬間、藤之助を待ち受ける者が放つ殺気を感じとった。だが、素知《そし》らぬげに足跡を雪の上に刻んだ。

そより

と湿った空気が揺れて、静かに降る雪の中に人影が一つ浮かんだ。

渋い朱塗りの一文字笠を被《かぶ》り、朱の陣羽織に裁《た》っ着《つ》け袴、朱塗りの大小拵《こしら》えを手挟《たばさ》んだ老武芸者だ。

「お手前は」

「魔道無手勝流茂田井朱鬼《まどうむてかつりゅうもたいしゅき》にござる」

しわがれ声が答えた。

身の丈五尺余ながらその落ち着いた挙動からなかなかの手練《てだれ》を窺《うかが》わせた。

風もなく降る雪が動いて、藤之助の右手にもう一人の影が立った。

こちらは第一の朱武者と同じ装いながら白装束で雪に溶け込むように立っていた。

身丈六尺五寸余の痩身《そうしん》武者は年の頃は三十七、八か。

「魔道無手勝流茂田井白鬼《はっき》」

左手の冷気が揺れて、黒武芸者が立っていた。

「魔道無手勝流茂田井黒鬼《こっき》」

一番若い武芸者は身丈五尺八寸ながらどっしりとした腰と足の持ち主だ。

「そなたら、父子《おやこ》か」

もはや答えはない。

「それがし、海軍伝習所剣術教授方座光寺藤之助にござる。なんぞ御用か」

「命所望致す」

と茂田井朱鬼が雪の中に静かに宣告し、刃渡り二尺一寸余、身幅の重い剣を抜いた。それに倣《なら》うように白鬼と黒鬼が、
そろり
と鞘《さや》から刃《やいば》を解き放った。

白鬼のは刃渡り三尺を超えていそうな長尺ものだ。黒鬼のそれは二尺七寸余か、反《そ》りが強く、薙刀《なぎなた》拵えと思えた。

三人三様の独特の正眼に構えた挙動に一分の隙《すき》もない。

「信濃《しなの》一傳流《いちでんりゅう》にて相手致す」

藤之助は藤源次助真二尺六寸五分を雪の中に曝《さら》すと、切っ先を高々と頭上に差し上げた。

どちらかが斃《たお》れるまでこの戦いは続くと藤之助は察していた。

注意六分を正面の、父親と思える茂田井朱鬼においた。残りの四分をその子の兄弟に費やした。

藤之助の脳裏に伊那谷《いなだに》の横殴りの吹雪《ふぶき》が映じた。

吹雪の下に黒々とした天竜川《てんりゅうがわ》の濁流がうねっていた。この流れに想を得た、

「天竜暴れ水」

を使うつもりの藤之助の眼前に、静かに降る雪を乱す渦《うず》が巻き起こった。

左右に立つ白鬼と黒鬼が藤之助を円の中心にして互いに反対回りに横走りを始めた。だが、正面の茂田井朱鬼はただ一人不動の構えだ。

小軀《しょうく》の朱鬼の体の前と後ろに分かれて白と黒が駆け違った。

横走りの速度が急速に増した。

白鬼の白装束は雪に紛れ、黒鬼は黒帯に変じて雪の原に川の流れを生じさせた。

横走りの旋回の速度がさらに上がった。もはや藤之助には二人の兄弟が走っているのか止っているのかさえ判然とせぬほどに素早い動きだった。そのせいで正面の朱鬼の小柄な体が白と黒の帯の向こうに搔《か》き消えていた。

藤之助は虚空に突き上げた助真をゆっくりと下ろした。

朱、白、黒が入り混じった永久の円環運動には天竜暴れ水では太刀《たち》打ちできないと悟ってのことだ。

茂田井父子三人の行動には動と静が組み合わさり、永久とも思える円環運動を支えていた。

迅速《じんそく》な円を描き続ける白鬼、黒鬼のどちらが攻撃を仕掛けるか、あるいは円環運動の陰に隠れた老武芸者の父が変化を起こすか。

藤之助は信濃一傳流奥傳《おうでん》に対応する技に変え、助真を眼前に立てると腰を沈め気味にした。そして、ゆっくりと両眼を閉ざした。

ふわっ
という感覚が頭を走り、聖次郎は意識を取り戻した。

体じゅうの筋肉がばりばりに強張《こわば》っていた。周りを見回して愕然《がくぜん》とした。

栄五郎《えいごろう》らは坐禅を組んだまま意識を失っていた。

「おい、起きよ。死ぬぞ」

聖次郎は栄五郎に這《は》い寄ると体を揺さぶった。

「う、ううん」

栄五郎が意識を取り戻し、うつろな目を聖次郎に向けた。

「どうした、聖次郎」

「寝てはならぬ。死んでしまうぞ」

栄五郎ががばっと塩谷十三郎《しおやじゆうざぶろう》に飛び付き、聖次郎が与謝野輝吉《よさのてるきち》の胸ぐらを摑《つか》むと激

しく揺すって、

「起きよ」

と叫んだ。

十一人全員がなんとか凍死の危機から蘇《よみがえ》った。

ふうっ
と安堵《あんど》の吐息が重なり、冷たく凍《い》てついた体をこすり始めた。

「うーむ」

聖次郎が山門の向こうに視線を走らせた。

「これは」

栄五郎も殺気に気付いた。

「だれぞ斬り合うておらぬか」

「間違いない」

聖次郎らは木刀を杖にしてよろよろと立ち上がり、通用門を押し開いた。

山門外では風もないのに境内《けいだい》から雪交《ま》じりの突風が吹きつけてきた。それが異変を思わせた。

「異変は離れ屋ではないか」

食事の折、なんとなく万願寺の離れ屋の見当を付けていた聖次郎らは、本堂への石《いし》畳《だたみ》から左手の庭へと雪に足跡を刻みながら入っていった。

庭の一角に渦が巻き起こり、雪を舞い散らしていた。

「あれはなんだ」

栄五郎が渦を生じさせる白と黒の円環運動に目を止めた。そして、円の中心に懐かしい人物がひっそりと立っていた。

「おおっ、座光寺藤之助教授方が襲われておる」

「ということは座敷牢から出られたか」

「助勢致すか」

「いや、ただ今のわれらでは邪魔になるだけだ」

と一柳聖次郎が仲間を止めた。その代わり、一丁ほど先の戦いの輪へとよろよろと近付いていった。

そのとき、藤之助は師の片桐朝和神無斎《かたぎりあさたかじんむさい》から直伝の信濃一傳流奥傳正舞《せいまい》四手のうち、一の太刀に構えをとっていた。

対決する茂田井朱鬼らと正眼の構えにおいて同じだった。だが、正眼の意味するところ全く対照的であった。

藤之助の正眼は、王者の剣の如《ごと》く堂々たる不動であった。

茂田井父子の正眼は、横走りを加え、対決者を錯乱させようという意図に満ちていた。

万全たる正眼の構えに藤之助は一つ加えた。

雪を避けてか、ゆっくりと瞼《まぶた》を下ろして両眼を自ら塞《ふさ》いだ。いや、網膜から円環運動を消しさったのだ。藤之助にあと残されたものは、研ぎ澄まされた剣者の勘《かん》だ。

渦の流れに微妙な異変が生じたのを察した藤之助は、正眼の剣を胸元に立てつつ、悠然と前進した。

能楽師が摺《す》り足で舞でも演ずるように神韻縹《しんいんひょう》渺《びょう》とした典雅を醸《かも》し出していると、聖次郎らの目には映った。

一瞬、白と黒の円環運動が角度を変えて瞑想《めいそう》したまま舞う藤之助の前に迫り、二つの長剣と先反《ぞ》りの剣が翻《ひるがえ》った。

「おおっ、教授方」

思わず驚きの声を発したのは与謝野輝吉だ。

白と黒の体が交錯《こうさく》するように一つになったと思った瞬間、二つの刃が藤之助を襲った。

聖次郎らは、藤之助が二つの刃が交わるところに誘い出されたように感じて息を飲んだ。
直後、藤之助の捧げ持つ藤源次助真が舞扇《まいおうぎ》のように優美な線を描いてゆったりと差し伸ばされて、白と黒の動きをぴたりと止めた。
一拍の後、助真が二つの刃を振り払うようにゆったりと動くと、
うっ
という呻《うめ》き声を発した二つの体が、
どさりどさり
と雪の庭に落ち崩れて、
ふわり
と雪を舞い上がらせた。
正面の茂田井朱鬼が瞑想の顔を向けた藤之助に飛んだ。それは長い不動の時間、力を蓄えてきた体が一気に動いたようだった。そう、矢が弦を離れた瞬間のように跳躍したのだ。
正眼の剣がしなやかに胸前に引きつけられ、藤之助に向かって一閃《いっせん》された。
藤之助はその飛燕《ひえん》の動きにあくまで、

「静」

の舞で応じた。

迅速の攻撃と静なる舞が虚空の一点で交わり、二つの刃は互いを支え合うように停止した。

時が停止した。

両雄は凍てついたように動かなくなった。

それは永久に支え合うように見えたが、見物者に見せた一瞬の詐術《さじゅつ》だった。

藤之助の助真が再び軌跡を描き始めた瞬間、茂田井朱鬼の二尺一寸余の刃が両断されて切っ先が虚空に斬り飛ばされた。さらに舞扇が朱鬼の喉元を斬り裂いてさらに朱塗りの一文字笠を斬り割っていた。

「な、なんと」

朱鬼の口からこの声が漏れた。

小柄な体がゆらりと揺れて、ふわりと雪上に崩れ落ちた。

静寂が再び福寿山万願寺に戻ってきた。

長い沈黙が戦いの終わった場を支配した。

聖次郎らは、

「信濃一傳流奥傳正舞四手一の太刀」

と呟《つぶや》く藤之助の声を聞いた。

「と、藤之助」

栄五郎が腹から声を振り絞るように叫び、よろめきながらも走り出し、聖次郎が従った。

雪の中で藤源次助真がゆっくりと振られて血ぶりがなされた剣が鞘に収まった。

藤之助は瞑想したまま懐かしい声の方へ体を向け直した。

「待っておったぞ、座光寺藤之助！」

「教授方！」

「お戻りなされ！」

十一人の仲間から悲喜こもごもの声が投げられ、藤之助が静かな笑みを湛《たた》えた顔で迎えた。

二

朝、雪が降り止み、長崎の空に青空が広がった。するとと遠くから鉦太鼓《かねたいこ》の調べが海を伝わって流れてきた。

海軍伝習所剣術教授方座光寺藤之助為清は、長崎奉行所の御用船の中央にどっかと腰を下ろし、その周りを十一人の仲間たちが囲んでいた。

万願寺境内で茂田井父子と思える三人の刺客に襲われた藤之助は、使いを出して長崎奉行所に報告し、藤之助らは庫裏《くり》にて待機することにした。

「藤之助、われらよりなんぼか元気そうではないか」

栄五郎がどこか憮然《ぶぜん》とした表情で藤之助を見た。

「寒修行の坐禅を組んだそうだな。その心遣い、座光寺藤之助有難く頂戴した」

「もっとやつれておるかと案じたが損をしたぞ」

騒ぎを知らされた万願寺では、急ぎ藤之助と聖次郎ら若侍のために内湯が沸かされ、交替で湯に浸《つ》かることになった。

「教授方の体を見てみよ。陽に灼《や》けて筋肉が引き締まっておるように思えぬか。あれが蟄居二月の体と思えるか」

藤之助が洗い場から脱衣場に姿を消したのを見た塩谷十三郎が谷脇豊次郎《たにわきとよじろう》に自分の考えを質《ただ》した。

「塩谷、体付きは別にして教授方の人間が一回りも二回りも大きくなったように見えたぞ。われらと同じ年齢《とし》とはどうしても思えぬ」

「座敷牢に神妙にしておれば心身が成長するものか」

と塩谷十三郎が首を捻《ひね》った。

藤之助が庫裏に戻ると、長崎奉行所手付の長尾三太夫が長崎目付光村作太郎《こうむらさくたろう》らを従えて出張《でば》ってきて藤之助の証言を求めた。

藤之助は、魔道無手活流茂田井朱鬼、同じく白鬼、同じく黒鬼の三人の刺客が待ち受けていた事実と戦いの経緯を正直に語った。

長尾三太夫はしばし沈思していたが、

「光村、伝習生らが遅れ冬至の夜に大波止《おおはと》で襲われそうになったな。あの連中と此度の刺客父子は、仲間ではないか」

その話を傍らで聞いていた一柳聖次郎が恐る恐ると言い出した。

「長尾様、ちと失念しておったことがございます」

長尾がぎょろりとした眼で聖次郎を睨《にら》み、

「失念していたこととはあの夜の騒ぎに関わることとか」

「はあ、あやつら、引き上げる折、われらの足元にかようなものを投げ捨てていきました」

と聖次郎が懐《ふところ》から古布の包みを差し出した。それを光村作太郎が受取り、長尾三太夫に渡した。包みを開いた長尾が、

「なに、万願寺離れ屋と木札まで付けられた鍵を失念してわれらに提示しなかったと申すか」

と全員注視の中に鍵を摘《つ》まみ上げた。

「はあ、あの折、つい気が高ぶって忘れておりました」

「戯《たわ》けが、虚言を弄《ろう》するでない。そなたら、万願寺座敷牢に忍び込む心積もりで鍵を隠し、寒修行の坐禅などともっともらしきことを考えたな」

長尾の叱咤《しった》が庫裏に響き渡った。

一同は頭を下げて畏《かしこ》まり、

「いえ、長尾様、われら、ただ失念しただけにございます。なんじょうもって危険を冒し座敷牢に忍び込みましょうや」

「そなたらの立場ではそう言い通すしかあるまいな」

「はっ」

と平伏した。

長尾三太夫の視線が藤之助にいった。

「座光寺どの、そなたが座敷牢に大人《おとな》しく入っているものかどうか、長崎にあれこれと風説が流れておってのう。伝習生らが確かめたかったのはそのことよ」

と言うと再び聖次郎らに視線を戻し、

「その方ら、この坐禅修行の間に座敷牢に押し入ったか」

「長尾様、寒中の坐禅修行思いの外に厳しく、とてもとてもそのような余裕はございませんでした」

栄五郎が正直に応じた。

「ふーん」

と鼻先で栄五郎の弁明を聞いた長尾が、

「光村、この鍵が座敷牢のものかどうか試して参れ」

と命じて渡した。

「座光寺先生、もし鍵が座敷牢のものであるとするなれば、この者たちを唆《そそのか》して万願寺に忍び込ませ、そなたと一緒にこやつらも始末をしようとした者がおることになる」

藤之助は栄五郎らに視線をやった。すると栄五郎が、

「一日も早く会いたかっただけなのに」

と本音をつい洩らした。

長尾の視線が栄五郎を捉《とら》えたとき、光村が戻ってきて、

「長尾様、座敷牢の鍵に相違ございません」

と報告した。

ぎょろり
とした大目玉が聖次郎らを捉え、

「愚か者めが」

「恐れ入ります」

一同が再び米つきバッタのように平伏した。

「その方らが怪しげな一団の誘いに乗って座敷牢に潜入していれば、そなたらばかりか座光寺藤之助教授方の破滅を招いたやもしれなかったのだぞ。そなたらが軽率な行動を自制したことだけは褒《ほ》めて遣《つか》わす」

長尾三太夫が藤之助に聞かせる言葉を吐《は》いた。だが、聖次郎らは言葉の背後に隠された真意を知る由《よし》もない。

ただ藤之助が小さく頷いた。

「座光寺どの、後はわれらが始末を付けます。そろそろ長崎奉行所からの迎えの船が

参ります」

と長尾三太夫がひとまず騒ぎの決着を告げた。

「藤之助、長尾様も申されたがそなたに関する風説があれこれと流れてな、そなたが高島玲奈嬢と異国に出たという噂まであった」

御用船に乗り組んだ折から機会を窺っていた栄五郎が囁《ささや》いた。

「異国は波濤《はとう》万里《ばんり》のかなたにあるというではないか。そう簡単に往来ができるものか」

「ならば、そなた、座敷牢に大人しく入っていたと申すか」

「栄五郎、二月の間独りになる時が得られたのは座光寺藤之助にとって貴重であった」

酒井《さかい》栄五郎が疑いの眼で藤之助を見た。

風に乗ったか、海を渡って歌が響いてきた。

「祝いめでたや、祝いめでたやな、ヨイヤサヨイヤサ
エーイヨ、若松さまよ、ヨイヤサヨイヤサ
枝も栄える、枝も栄えるヨイヤサヨイヤサ」

季節はずれにも鉦太鼓の調べとともにくんちの祝い唄が聞こえてきたのだ。

藤之助は御用船に立ち上がった。

大波止に大勢の人々が集まっていた。

「なんの騒ぎであろうな」

藤之助が呟いた。聖次郎らも首を傾げて、

「長崎にはかような祭りがあったか」

「去年はなかったように思うがな」

と言い合った。

「エーイヨ、葉もしげるヨイヤサヨイヤサ
せびの子持ちは、せびの子持ちは、
ヨイヤサヨイヤサ
エーイヨ、納屋でらすヨイヤサヨイヤサ」

今度は海上から響いた。

出島《でじま》の陰を回って川船の大船団が姿を見せた。

船には、竜頭《りゅうず》船、唐人船、恵比須《えびす》船、御座船、くじら船といろいろのくんちの出し物が乗せられ、別の船には屋台が組まれて小舞を舞う遊女の姿があった。

「なんとも派手な祭りではないか」

栄五郎が呆然《ぼうぜん》と呟く。

くじら船の鯨《くじら》から高々と潮吹きが行われると、海も陸も大歓声を上げた。

出島の阿蘭陀《オランダ》商館から花火が青空に向かって打ち上げられると、川船船団からも大波止からも、
わあっ！

とさらに大きなどよめきが起こった。

藤之助は、湊《みなと》の沖合いに江戸丸が停泊しているのに目を止めた。

唐人屋敷からの船がくんち船に加わり、鉦太鼓の調べに唐人の調べが加わり、いよいよ賑《にぎ》やかさを増した。

川船が舳先《へさき》を揃《そろ》えて、御用船を囲んだ。

江戸町の御朱印船の舳先に惣町乙名の椚田太郎次が立っていた。

「もってこい」

「所望《しょもー》やれ」

と船から掛け声が飛び、白扇を広げた太郎次が海と陸に向かって通る大声を張り上げた。

座光寺藤之助は大波止を振り見た。

こちらも大波止に長崎町人が大勢集まっていた。その前には丸山の遊女衆が華と妍《けん》を競い合って並んでいた。

長崎じゅうが祭り一色に染められた感じだ。

大波止の人波が二つに分かれた。

潮汲み姿の三人の少女が姿を見せた。

藤之助は、福砂屋《ふくさや》の三姉妹だと気付いた。

末娘のあやめが御用船に立つ藤之助に向かい、

「座光寺藤之助為清様、よう長崎に帰ってこられました！」

と叫ぶと海も陸も人波から、

「よう、戻られましたな」

とか、

「待っちょつたよ」

という声が掛けられた。

「驚いた。これは藤之助、そなたを出迎える人波じゃぞ、なんとも派手な仕掛けじゃな」

と酒井栄五郎が驚きの声を上げた。

藤之助の傍らに一柳聖次郎が立つと囁いた。

「これはのう、長崎会所《かいしよ》が江戸から参った大目付どのを牽制《けんせい》するために仕掛けた祭りじゃぞ、座光寺先生」

聖次郎は、伝習生らに万願寺の座敷牢の鍵を投げて寄越《よこ》した一団も、万願寺で藤之助を襲った茂田井父子の武芸者も、大久保純友《おおくぼすみとも》の意思で動いておると言っていた。これまた大久保の、藤之助暗殺の度重《たびかさ》なる企てに長崎会所が対抗するために仕立てた、

「祭り」

だと言うのだ。

「それがし一人のためにかような数の長崎人が集まったと申すか、信じられぬ」

「長崎町人だけではない、阿蘭陀人も唐人もそなたの長崎復帰を歓迎しておる。大久保様にとってそなたを目の敵《かたき》にするのがこれまで以上に難しくなったのは確か」

「聖次郎、それがしは大目付どのになんの邪《よこしま》な考えも持っておらぬ」

「そなたがそうでも相手はそうは思うておらぬ」

と応じた聖次郎が囁いた。

「座光寺先生、栄五郎らは騙《だま》せてもそれがしは騙せぬ」

「騙すとはなんだ」

「そなたがこの二月大人しく万願寺の座敷牢に入っていたなどありえぬ、おれは信じぬ。座光寺藤之助は蟄居の二月を利用してどこぞに旅立ち、戻って参った。おそらく長崎会所の意思でな。この出迎えがそれを証明しておる。そなたの異国行きを糊塗《こと》するための仕掛けよ」

大波止で新たな歓声が沸き起こった。潮汲み姿の三人の娘の傍らに高島玲奈が立ったのだ。

この日、玲奈は光沢のある純白の衣装《ドレス》で装っていた。それが祭り衣装の人々の中で一段と気品と光彩を放って輝き、出迎えの人々の好奇と羨望《せんぼう》の視線を集めることになった。

御用船がゆっくりと大波止の船着場石段に接岸した。

藤之助が御用船から波が洗う石段の船着場に、玲奈に向かって飛んだ。

玲奈が両腕に藤之助を抱き止め、

「お帰りなさい」

と藤之助の唇《くちびる》に自らの唇を寄せた。

わあっ
　というどよめきが大群衆から起こった。

「玲奈、この騒ぎの仕掛け人はそなたと太郎次どのか。それがしは未《いま》だ幕臣の身じゃぞ、いよいよ江戸から参られた大目付どのに目を付けられよう」

「迷惑なの」

「さあてのう」

「座光寺藤之助、長崎には、長崎ばってん江戸べらぼうという言葉があるわ。また、江戸の仇《かたき》を長崎で討つとも言うわね、それは正しくは江戸の仇を長崎が討つよ。長崎は長崎奉行所西支所を通じて江戸に二百年以上も支配されてきた。そろそろ長崎は江戸のくびきから解き放たれる時期にきたのよ」

　大胆にも言い放つ玲奈の背の向こうに長崎奉行荒尾石見守《いわみのかみ》成允と海軍伝習所初代総監永井玄蕃頭尚志の姿があるのを藤之助は見た。

「玲奈、奉行と総監まで姿を見せられた」

「藤之助、これから長崎の相手は異国列強よ。あの二人が背負う江戸幕府ではないわ」

　玲奈は今一度唇を重ねると、

「長崎はあなたの味方、そのことを忘れないで」

と囁き、藤之助から離れた。

藤之助は衆人環視の中で身だしなみを繕《つくろ》い、威厳を整えた。

ゆったりとした歩調で徳川幕府を代表して長崎にある荒尾奉行と永井総監のもとへ歩み寄った。

「座光寺藤之助為清どの、よう戻られた」

荒尾奉行が藤之助に言った。

「二月の不在、多大な迷惑を荒尾様と永井様にお掛け致しました。どのような沙汰《さた》をもお受け致します」

「そなたの処分は二月万願寺押込めにて終わった。好漢自重なされて伝習所剣術教授方を精々《せいぜい》勤められよ」

「はっ」

と藤之助は、荒尾奉行の命《めい》を有難く受けた。

大波止と長崎湾から急速にざわめいた気配が消えていた。

藤之助が辺りを見回すと、季節はずれのくんちの川船船団も唐人船もいつしか姿を消して、丸山の遊女衆もいなくなっていた。

藤之助は白日夢を見させられていた気分だった。

御用船に同乗してきた海軍伝習所第二期生十一人も阿蘭陀人教官が待ち受ける教場へと駆け付けたか、姿を消していた。

夢が消え、現実がそこにあった。

そのことが藤之助の気持ちを、
すうっ
と鎮《しず》めさせた。

藤之助は大波止のなだらかな坂を上がると長崎奉行所西支所の門を潜った。すると門番が、

「座光寺教授方、お帰りなされ」

といつも通りの挨拶を呉《く》れた。

「門前をお騒がせ申し恐縮かな」

「かような趣向もときに悪くありませせぬな」

と笑った。

藤之助は、教授方に用意された宿房には向かわず海軍伝習所剣道場の正面玄関から自らの奉公の場に入った。

がらん
とした剣道場は格子窓から差し込む光を受けて、床がぴかぴかに磨き上げられていることが分かった。

聖次郎らが藤之助を迎えるために丹念な掃除をしてくれたのだろう。

(日常を取り戻す場)

と強く思った。

神棚のある見所《けんじょ》に歩みかけたとき、一つの人影が剣道場に入ってきた。

幕府大目付宗門御改《しゅうもんおあらため》大久保純友だ。

「座光寺藤之助、有頂天の鼻、へし折ってみせる」

「大久保様、幕臣の本分とはなんでございましょうな、近頃つくづくその考えに苛《さいな》まれます」

「小賢《こざか》しき言辞を弄《ろう》しおって」

「ご免《めん》、それがし、久しぶりに稽古《けいこ》をしとうござる」

藤之助の言葉に、きいっと睨んだ大久保が足音高く剣道場から出ていった。

藤之助は見所の前に正座するとしばし瞑想世界に身と心を委《ゆだ》ねるように置いた。

立ち上がった藤之助は羽織を脱ぎ、刀の下げ緒で襷《たすき》にした。

藤源次助真を腰に戻すと、信濃一傳流奥傳正舞四手従踊《じゆうよう》八手をゆっくりとなぞり始めた。

三

夕刻前、高島家から遣《つか》いが藤之助にきた。口上は、

「万願寺押込め満了祝いの粗餐《そさん》を差し上げたい」

というものであった。呼ばれた先は高島町の高島本邸だ。

藤之助が身仕度を整えて高島家を訪れると門番の老人が、

「すでに皆さんお揃《そろ》いです」

と言った。

「皆さんとはどなたかな」

「七人の町年寄に江戸町惣町乙名と月番乙名の九人にございます」

格《ごう》天井の南蛮様式の広座敷の中央に巨大な円卓があって高島了悦《りようえつ》ら九名の長崎会所の幹部と、もう一人、藤之助の知った顔、老中堀田正睦《ほったまさよし》の年寄目付陣内嘉右衛門《じんないかえもん》がすでに座していた。

「座光寺藤之助様、此度はいかいお世話になりました。粗餐を差し上げる前にちとお付き合い下され」

高島了悦が言い、座敷の扉が閉じられた。

十一人が座る円卓に緊張があった。

どうやら万願寺押込め満了祝いは口実のようだと藤之助は理解した。

「阿蘭陀商館および孫の玲奈より上海《シャンハイ》及び寧波の騒ぎの仔細《しさい》聞き取りました。此度のこと、玲奈に同道して頂き、大いに助かりました」

「了悦様、上海行きは元々それがしの意思ではございませぬ。意識を取り戻したとき、すでに私の身は洋上にござった」

「重ね重ねの非礼お詫《わ》び致します」

と了悦らが頭を下げた。

だが、陣内だけは、藤之助の面《おもて》をじいっと見ているだけだ。それは立場が異なることを示していた。その陣内嘉右衛門が、

「そなたの意思、あるなしに変わらず事は進んだ」

と言った。

「陣内様は最初からこの話を承知にございますか」

「いや、そなたと五島藩福江湊《ごとうふくえみなと》で出会《お》うたとき、長崎会所がなんぞ考えておることを察したのが切っ掛けでな、あの直後、長崎にとって返し、高島了悦どのらと忌憚《きたん》なく話し合うた。その時点でそなたの上海行きは決まったといえようか」

「陣内様は、長崎奉行所産物方岩城和次郎《いわきわじろう》と長崎会所阿蘭陀通詞《つうじ》方石橋継種《がたいしばしつぐたね》の二人が上海に派遣され、東方交易《とうほうこうえき》を設立したことに最初から関わっておられたのですね」

「世界は激動しておる。そなたも清国事情を見たであろうが」

藤之助が頷《うなず》いた。

「嘉永《かえい》六年（一八五三）七月、おろしゃの使いが長崎に上陸して長崎奉行所に国書の受領とおろしゃ艦隊の停泊を乞《こ》うた。大沢豊後守《おおさわぶんごのかみ》様が奉行の時代であったか。この話が始まったのはその後のことであった。長崎奉行所も商館だけから情報を得ている時代ではないと、長崎会所と手を結ぶことにしたのだ。そなたも察しておろうが江戸が此度の件を了承しておるということではない。幕閣の一部の者しか与《あずか》り知らぬことだ」

「とは申されますが、陣内様は幕藩体制を護持するため動いておられる」

了悦の言葉に陣内が大きく頷いた。

「私ども長崎会所は、長崎の権益を守るために上海の出先機関設立を決めました。お互い立場は異なりますが上海に東方交易を設けることが重要という考えで手を握ったのでございますよ」

「陣内様と会所は密なる関係にありながら、上海に派遣した二人の失踪《しっそう》をご存じなかったのですか」

「会所は直《す》ぐにそれがしに知らせるべき重大事であった。だがな、それがしの隠密行動が災いして、知らせが行き違ったことが福江島の後、長崎に急行して判明し申した」

と弁明した陣内が、

「座光寺どの、陣内嘉右衛門もこのとおり詫びる。まさか立場が違う岩城と石橋が上海で手を握り、われらと長崎会所に謀反《むほん》を起こし、一匹狼の武器商人と組んで金儲《かねもう》けに走ろうとは、夢想もしていなかったわ」

一同が溜息《ためいき》を吐《つ》いた。

「座光寺様がわれらになり代わり、二人の謀反者を始末してくださったそうな。怒りの虫が少しは収まりました。だが、東方交易の数年は無駄になり、振り出しに戻りました」

「新たに人材を派遣なさるのでございますか」

「差し当たってジャーディン・マセソン商会を通じて東方交易の立て直しを図ろうと話し合いが付いたところにございます」

了悦がそう答えるとぽんぽんと手を打った。

赤葡萄酒《チンタ》とグラスが運ばれてきた。

グラスにチンタが注がれ、円卓の十一人が黙したまま乾杯した。

「座光寺藤之助どの、異国を見てなんぞ心境に変化がござったか」

チンタを口に含んだ陣内が砕けた口調で聞いた。

「一年有余前、それがし、伊那谷《いなだに》で走り回る山猿にございました。徳川様がご支配の三百諸国の他に世界があるなど夢想もしませんでした。此度、列強が支配する上海を見て、彼我《ひが》の国力の差に愕然《がくぜん》と致しました。この長崎でいささか異国事情を承知しておるとうぬぼれておりましたが、それがし、伊那谷の山猿といささかも変わりござらなかった。すべて見るもの聞くもの驚きにございました。出国の事情がどうであれ、少しでも早く異国事情をこの目で見られたのは、それがしにとって僥倖《ぎょうこう》にござった」

陣内が首肯《しゅこう》した。

「長崎奉行所と長崎会所が組んで上海に交易の拠点を設けられたのは、遅蒔きながら先見の明があったと申せましょう。また岩城和次郎と石橋継種が自らの利に走った気持ちも分からぬではございません。二人はわが国が清国のように列強の属国になる前に、動いたのです」

「清国の事情はそれほど酷《ひど》いか、座光寺どの」

「阿片《あへん》戦争に敗北した清国は、政府が弱体化した結果、騒乱、内紛、略奪が横行し、盗賊、海賊が暗躍跋扈《ばっこ》する戦国時代にございます。列強は各派に武器を売り付け、どちらが勝ちを得ようと負けようと旨《うま》みを吸っております。そんな混乱の中、犠牲になるのは民百姓衆にございます」

藤之助は、上海の黄浦江《ホワンプーチャン》で小刀会《しょうとうかい》一味が阿片帆船を襲った騒ぎを一座に克明に伝えた。

「ただ今の清国に信義も正邪の区別もございませぬ。あるのは強い者、資金を得た者、新しい飛び道具を手にした者が生き残る現実だけです。もし、列強がわが国土に第二の阿片戦争を仕掛けてきたら、鎧《よろい》兜《かぶと》剣槍弓で鋼鉄の砲艦、連発銃に対抗せねばなりません。一人の武者同士の戦いなれば、技や力が優れた者が勝ちを得ましょう。鋼鉄砲艦にはわれらの意思や敵愾心《てきがいしん》をもってしても勝つべき方策はございませぬ」

「そのために長崎海軍伝習所を設立したのじゃが」

陣内嘉右衛門が呻《うめ》くように言った。

「阿蘭陀人教授方も伝習生も必死の勉学と訓練を積んでおられる。それが間に合うかどうか」

「間に合わねば江戸も長崎も壊滅するわ」

扉が開いて玲奈が姿を見せた。

「皆様、お待たせ申しました」

今朝の白のドレスから紫色のドレスに着換えていた。

一同は玲奈の案内で南蛮様式の広座敷から床の間のある畳座敷に移った。その床の間には高島家の先祖と思える、

「お絵像」

がかけられ、傍《かたわ》らには鏡餅《かがみもち》が供されてあった。

「座敷牢二月押込めの座光寺藤之助様にはくさ、本日がひと月遅れの正月やもんね。長崎の雑煮《ぞうに》ば賞味してもらいまっしょと思いましてな、用意致しました」

と了悦の言葉が終わると女衆が雑煮の椀を盆に捧げ持ち、まずお絵像に雑煮を供《そな》えた。

「今宵《こよい》は格別に腹を割ったお仲間ばかりやもん、陣内様、無礼講で許してつかあさい」

了悦の言葉に陣内が頷いた。

「おめでとうございます」

一同が唱和した。

藤之助の前に運ばれてきた木椀の雑煮には、丸の小餅、唐人菜、里芋、大根、ごぼう、塩ぶり、巻はんぺん、鶏肉、いりこ、くわいなどの多彩な具が入って彩りも鮮やかだった。

「頂戴致します」

「お上がりなっせ」

と客と主《あるじ》が言い合い、椀を一同が取り上げた。

だしはかつお節と昆布か、海の香りが豊かにした。

伊那谷の色彩のない雑煮と異なり、南蛮や唐と早くから接した長崎の豊かさが一椀に同居していた。

一口啜《すす》った藤之助は思わず、

「美味《うま》い、なんとも美味かな」

と嘆声を上げた。

隣に座る椚田太郎次が、

「座光寺様、上海の食べ物は口に合いなさったな」

と聞いた。

一座は藤之助と玲奈の行動を承知の者ばかりで、かつ無礼講の席だ。太郎次がその口火を切った。

「太郎次どの、それがし、味覚がいささか可笑《おか》しいとみえて、なにを食べてもなにを飲んでもどれも美味珍味にござった。そのせいで上海にいる間に太りましてな。帰りの船では、座敷牢に幽閉されていた身の如く少しでもやつれてみえるように絶食した程にござる」

「初めての異国訪問にも拘《かか》わらず太られましたか。座光寺様は肝《きも》も太かが、舌も肥えてござるたいね」

と太郎次が感心し、陣内も言葉を添えた。

「座光寺藤之助は伊那の山猿とたびたび自らを称するが、気性も肝っ玉も舌も異人といささかも変わらぬのかもしれぬな」

藤之助の左隣に玲奈が座した。

「陣内様、此度上海行きに得難き人物を送り込まれたのは、確かなことです。異人は社交の場で女衆を淑女として大切に敬います、それが礼儀にございます。ところが此度の旅ほど、玲奈がわりを食った旅もございません」

「座光寺藤之助は女を立てることに慣れなんだか」

「いえ、藤之助は見よう見真似で西洋人の礼儀を身に付けました、それも自然にでございます」

「玲奈どのの言うとおり、まるで鵜匠《うしょう》に操られる鵜のように動いただけだ」

「自然にできるところが藤之助の凄さよ」

「ご両者の話を聞いちょってんたい、玲奈様がわりを食う様子はどこにも見えませんがな」

太郎次が言った。

「上海に到着した日のことです、上海の国際租界《そかい》の紳士淑女が一堂に会する夜会が催されましたの」

「玲奈、そなたらも呼ばれたか」

「爺《じい》様、未だ鎖国政策を続ける徳川様の国からきた高島玲奈と座光寺藤之助の人物を見定める夜会よ、彼らにとっても私たちを通して日本や長崎に直《じか》に触れようと考えていたと思うわ。社交の場ながら、あれは真剣勝負ね。どちらが先手を取るか、これからの付き合いにかかってくるもの」

「いかにもさようかな」

と陣内が応じ、

「その勝負、どげんでしたな」

と月番乙名の万町《よろずまち》惣町乙名が身を乗り出した。

「藤之助が芥子《けし》地に業平《なりひら》格子の小袖《こそで》と羽織袴に大小を手挟《たばさ》んで回り階段から大広間に下りたとき、ホテルじゅうの客が藤之助を見て、その堂々とした容姿と風格に嘆息し溜息を洩らしたわ。あれは確かに藤之助の顔と名が上海の国際社交界に知れ渡った瞬間でした、長崎に旋風を巻き起こしたように藤之助は上海の国際租界を一瞬にして虜《とりこ》にしてしまいましたの、ご一統様」

「ほう、座光寺藤之助は和装で夜会に参加致したか」

「陣内様、玲奈どのの大仰《おおぎょう》の言葉を信じないで下され」

と前置きした藤之助は、裾長《すそなが》の洋装の玲奈の類《たぐい》まれな容貌と容姿がガス灯の明かりに照らされたときの輝きを語った。

「彼らは言葉をなくして玲奈嬢に見入っておりましたほどにございます。わりを食うなど、どこにございましょうか」

玲奈もジャーディン・マセソン商会の地下射撃場兼武道場で藤之助が射撃と剣術の

妙技を披露して一瞬の内に印象付けたことなどを語った。

「長崎は最強の二人を上海に送り込んだことになるか」

「ご一統様、それがしはこれほど無力を感じた旅もございませなんだ」

「なぜかな」

「言葉にございます」

一同が頷いた。

「異人らと対等に付き合っていくには共通の言葉が絶対にいる、そのことを何度痛感させられましたか。それがしが一人前に扱われたのは高島玲奈嬢が傍らにおられたからに過ぎませぬ。幕藩体制が続こうと崩壊しようと、清国の二の舞とならぬためにも列強の属国とならぬためにも言葉がいる、それは剣よりも銃よりも大事で効果がある、そのことを教えられ申した」

「藤之助、落ち着いたらあなたに異国の言葉を教えるわ。でも、異人と付き合っていくには言葉以上に大切なものがあるの」

「なんだな、玲奈」

「信義よ。藤之助の風姿と言動に上海の異国人たちは信頼できる人物、と察知したから一先《ひとま》ず受け入れたのよ」

「一先ずか」

「そう、一先ずよ。列強も清国も個々人の付き合いは付き合いとして、国益、団体の都合が優先されて個々人の友情は踏みにじられることがある、必ずそんな場面が起こるわ。そのとき、踏みにじられた関係を修復するのは、個々人の付き合いと友情の深さなの。徳義誠実の士、紳士同士の交流がただ一つの繋《つな》ぎ止める手段なの。藤之助は少なくとも上海の国際租界に鮮烈に記憶を残した、それはあなたが考えている以上のものよ。今後、座光寺藤之助の大きな財産になるわ。徳川幕府や長崎が危機に瀕《ひん》したとき、必ずや藤之助と私が上海で培《つちか》った人脈が生きてくる」

と玲奈が言い切った。

「玲奈、それもこれも高島玲奈嬢があってのことだ。そなたがおらねば、それがしなどただのでくの坊に過ぎぬわ。ジャーディン・マセソン商会の扉さえ開かれなかったろう」

二人の話を一同が興味深く聞いていた。

「二人の話を聞いておるとな、東方交易にこの二人を最初に送り込むべきではなかったかと思われた。どうだな、了悦どの」

「岩城と石橋両人を送り込んだとき、私どもは座光寺様を存じ上げなかったのです、送り込もうにも出来なかったのです、陣内様」

「それを承知で申しておる」

「陣内様は東方交易を急ぎ再開せよとお考えにございますか」

「最前決めたことを覆《くつがえ》すようだが、ジャーディン・マセソン商会に任せてよいものかどうか。われらが直の手足となる人材を早々に送り込むべきではないかと二人の話を聞いておってな、思い直したのだ」

陣内嘉右衛門の変節に太郎次が、

「陣内様のお考えにわっしも同じでございますたい。わっしどもが考えているよりこの世界の動きは早うごたる。会所や奉行所が一日傍観しますとたい、何ヵ月も遅れをとりまっしょ。そげんことば玲奈さんと座光寺様の話で感じましたです」

一同が沈思した。

玲奈が空になった藤之助のぎやまんのグラスに赤葡萄酒を注いだ。

「玲奈、今朝《けさ》のくんち騒ぎはちと仰々《ぎょうぎょう》しいがなんぞ意図があってのことか」

「大目付大久保純友様があなたの長崎復帰を歓迎してないことはだれも承知のことよ。万願寺に刺客を送り込んだようにね」

「大久保様が放った刺客とばかりは言い切れぬ」

「ならば他に心当たりがあるの。長崎会所の探索方は奉行所以上の力を持っているわ」

玲奈は大波止と万願寺の騒ぎが大久保純友の意思と言い切った。

「長崎はあなたの長崎復帰を喜んだの、町人衆から阿蘭陀商館、唐人屋敷までが江戸からの命で動く大目付どのの意思よりも藤之助を大事に考えたの。それをかたちにして大久保純友に知らしめたかったの」

「それでそなたと太郎次どのが手を結んで時節はずれのくんちを催されたか」

「長崎じゅうがそう思ったのよ」

「それがし、長崎になにを返せばよいな」

「いちいち律儀に考えないで。どんなときでも長崎と藤之助は一心同体よ、いや、玲奈と藤之助がかな」

「それがし、幕臣じゃぞ」

藤之助の反論の言葉は弱々しかった。それでも藤之助の脳裏から座光寺家が将軍家の

「首斬安堵《くびきりあんど》」

と呼ばれる首斬り役の使命と一緒に生きてきた、

「宿命《さだめ》」が消えたことはなかった。

「陣内様、早々に第二の岩城と石橋を人選して送りこみまっしょ」

と高島了悦が決断したように言い、陣内嘉右衛門が大きく首肯した。

四

「遅れ正月の挨拶《あいさつ》に」

と玲奈に誘われて藤之助は小帆艇レイナ号に同乗した。レイナ号が着けられたのは唐人屋敷の船着場だ。

藤之助は舫い綱を手に船着場に飛ぶと、唐人の水夫《かこ》らが歓声を上げた。

今朝方のくんち騒ぎに参加した連中か。

藤之助は歓声の中にもはや敵意や憎しみがないことを察知していた。一年ほどの長崎滞在を経て、座光寺藤之助はどうやら唐人に受け入れられたようだ。

酔漢が歩み寄ってきて舫い綱を取ると藤之助に何事か言いかけた。

「上海を知る和人の藤之助を歓迎するそうよ」

玲奈が唐人の言葉を通弁しながらレイナ号から下りた。そして、藤之助の代わりに礼を述べたか、なにがしかの金子《きんす》を唐人の手に握らせた。

唐人が合掌《がっしょう》して玲奈に謝した。

玲奈は敵意が籠《こも》った監視の目を意識した。

大目付宗門御改の探索方か。

唐人の船着場付近に長崎奉行所目付の密偵や幕府大目付大久保純友の探索方の監視が常にあることは承知していた。

玲奈は平然として一軒の酒館に藤之助を誘った。それは太郎次が一度、唐人屋敷内に入る手段として藤之助を連れ込んだ酒館だった。

二人は唐人給仕に導かれて店の奥から唐人屋敷に潜り込む地下迷路を長々と伝い、唐人屋敷観音堂の裏手に出た。

唐人屋敷の内側だ。

観音堂池の端の二階建ての飯店に玲奈は慣れた足取りで入っていくと、長衣の黄武《こうぶ》尊大人《そんたいじん》が二人を迎えた。

「黄大人、新年のご挨拶が遅くなりました。明けましておめでとうございます」

藤之助が遅ればせの挨拶をなした。

「座敷牢の向こうに見えた世界はいかがでしたかな」

唐人屋敷の内外を仕切る長老が笑いながら聞いた。

「大人のおかげで二人して恙無《つつがな》く戻って参りました」

「上海の国際租界、唐人街、小刀会、老陳《ろうちん》一味、武器商人を相手に大立ち回りを演じてこられたようでございますな」

黄武尊はすでに二人の行動を把握していた。

「それがし、自らの意思で上海に渡ったわけではございませぬ」

「まあ、そう仰《おつしや》いますな。此度の上海行きは、いわば座光寺藤之助様と高島玲奈様の国際社会という座敷へのお披露目にございますよ。もはやお二人の名はあの界隈《かいわい》では知られておりますでな、異国の道中手形を得られたも同然です」

「芸なし芸者がお披露目ですって」

「玲奈様、芸なしどころではありませぬ。此度のこと、お二人が考えておられるよりも大きな成果を得られました。いえ、幕府や会所にとってではございませんぞ、座光寺藤之助様と高島玲奈様の将来にとっての話です」

黄大人は、まず第一にジャーディン・マセソン商会など列強の尖兵たちが二人の将来を高く評価したことは大きいと言った。さらに清国政府も二人の存在をすでに承知しておると付け加えた。

「お二人は阿蘭陀よりはるかに力を持った列強の存在と実力を自分の目で確かめられた。彼らが日本に開国を迫り、通商を求めてくる際の、交渉相手の候補として二人の名が刻み込まれたのも確かです」

「それがしは徳川幕府の一臣に過ぎませぬ」

「もはや座光寺様は、そのようなちっぽけなものではございませぬ」

黄大人は徳川幕府崩壊後のことを話しているように思えた。

「すでにこの日本が黄大人の祖国と同じ憂《う》き目に遭《あ》うと推量されておられるのですね」

「そこまでは言い切ることはこの地で商売してきた唐人にはできませぬ。世界の事情を知る者なれば、徳川幕藩体制がこのまま続き得ないのは常識でしょう。清朝政府が弱体化して、今や実権がだれにあるかだれも知らぬような混乱が、戦国時代が、この日本にも到来するやも知れぬ。だが、此度の戦国時代は、鎧兜の時代の話ではない。列強やわが清国を巻き込んでの、一方的な大量殺戮《さつりくせん》戦になるでしょうな」

黄武尊の言葉に上海の現実を見てきた二人が素直に頷いた。

「それだけはなんとしても阻止《そし》しとうござる」

「そのために此度、上海事情を承知なされたのはよい機会でした。先々この二月の渡航経験が役に立ちます」

と黄大人は言い切ると、給仕人を呼んで命じた。

「酒はすでに召し上がっておいでのようです。寧波の茶を点《た》てさせましょうかな」

茶道具が運び込まれ、茶師が茶を点てる間、話が中断した。

香りが強い茶が二人の前に供された。

「頂戴します」

二人はまず香りを楽しみ、ゆっくりと口に含んだ。

緑茶とは異なる甘味が口内に広がり、高島家で食した正月料理と酒を洗い流して、胃の腑《ふ》が爽《さわ》やかになった。

茶師が茶器とともに引き下がった。

「本日、ジャンク船が長崎沖に到着致しました」

といきなり黄大人が話題を転じた。

「厦門《アモイ》船です」

「寧波を経てきたのですか」

玲奈が聞き、黄大人が首肯《しゅこう》した。

藤之助は、寧波の湊《みなと》で刃《やいば》を交えて雌雄を決することになった鳥居《とりい》玄蔵《げんぞう》のことを思い浮かべていた。鳥居から預かった手紙とカルロスドルを換金して、因州若桜藩《いんしゅうわかさ》家臣桜井家いね、旻太《びんた》郎《ろう》に送らねばと考えたとき、黄大人が思いがけないことを言った。

「マードック・ブレダンと申す一匹狼の武器商人がお二人の首に懸賞金を懸けたそうです」

玲奈が藤之助の顔をちらりと見て、

「生きていたのね」

と自問するように言った。

「ブレダンが死んだと申されますので、玲奈様」

玲奈は、亜米利加《アメリカ》国砲艦に沈没させられた小型砲艦の最後の模様を語った。

「では、ブレダンの骸《むくろ》をその目で確かめたわけではないのですね」

黄武尊が念を押し、玲奈が顔を横に振った。

「黒蛇頭《くろじやとう》の老陳と手を組むほどの武器商人です。そうそう簡単に死ぬものですか」

藤之助と玲奈は、あのとき、石橋継種を誅《ちゆう》することに精力を傾けていた。

砲撃戦は、離れた寧波の湊で繰り広げられ、夜間でもあった。

小型砲艦が沈没したことでマードック・ブレダンも死んだと考えてきたのは、早計だったか。もっとも二人はブレダンを殺す役目を負わされていたわけではなかった。

「黄大人、私どもの首に懸けられた金子はいくらです」

玲奈が笑みを浮かべた顔で聞いた。

「首一つ百洋貨カルロスドルじゃそうな、寧波辺りでは百人の命に相当しますな。お二人で二百洋貨カルロスドルです」

「私と藤之助の首がたったの百カルロスドルですって。ブレダンたら、この二人を甘く見たものね」

大人が玲奈の憤《いきどお》りを聞いて破顔した。

「商いをお二人が邪魔をした、とブレダンは考えておるようです。武器取引は巨額な利潤を生みます。その商売を阻まれた無念が此度の懸賞金になった」

「ブレダンの勝手だわ」

「われらはすでに長崎に戻っておりますぞ、大人」

玲奈が応じて、藤之助も言い足した。

「座光寺先生、天竺《てんじく》から清国を股《また》にかけた武器商人にとっては、ほんのひと跨《また》ぎ、隣家の庭先くらいにしか見ておりますまい。武器商人の狙いは今やこの日本です。そこへそなた様方が控えておられるのはブレダンにとって不都合なことでしょうな」

「もうブレダンはこの長崎近郊に来ているのですか」

玲奈が聞いた。

「ブレダンは死んだ岩城和次郎、石橋継種を通じて薩摩《さつま》と連絡を取り合い、武器売買を企てていたようです。寧波で亜米利加砲艦に沈められた小型砲艦は、薩摩が購入する筈《はず》だったとも噂されています。お二人のことです、ブレダンごときに驚きもなさるまいが、身辺にはくれぐれもご注意下されよ。そなた様方がいなくなった長崎を考えると、この老人、生きる楽しみが半減しますでな」

と笑った黄大人が、長衣の下から封書を取り出し、

「座光寺様に太泥《バタニ》から手紙が届いておりますぞ」

と藤之助に差し出し、

「おおっ、能勢隈之助《のせくまのすけ》からの文ですね」

「太泥がどこかお分かりですか」

「いえ」

「寧波から何千里も南に下った、マレイ半島の湊です。日本に向かう船に託されたのは三月《みつき》以上も前でしょうな、ということは能勢様、今頃は天竺国のどこぞの湊に着いておられるやもしれませんな」

「大人、なによりの年賀です。心からお礼申し上げます」

藤之助は能勢隈之助の文を拝受すると懐《ふところ》に大事に仕舞《しま》った。


唐人屋敷の船着場をレイナ号が離れたとき、闇の一角でばたばたとした動きがあった。波間にも小さな舟影がひっそりとあったが二人は見落としていた。

二人はそんな動きに注意を払おうともしなかった。その代わり、玲奈が、

「藤之助、預かり物を今晩にも返しておいたほうがよさそうね」

と言った。

二日未明、万願寺に独り戻った藤之助は、体の一部のように馴染《なじ》んだスミス・アンド・ウエッソン社製造の輪胴式連発短銃《リボルバー》も上海で新たに得たコルト・パターソンモデル・リボルバーも持参していなかった。

万願寺二月押込めの咎《とが》を終えた藤之助がご禁制の飛び道具を持参して伝習所に戻る危険を回避して、玲奈が預かっていたのだ。

「ブレダンの刺客が早《はや》長崎に潜入しておると考えたか、玲奈」

「なにがあってもいいように早めに注意はしておくことよ」

レイナ号が梅《うめ》ヶ崎《さき》の高島家の蔵屋敷に接近すると小帆艇の船影を認めた見張りが水

門を開き、船がかりに入ると停船した。

「お帰りなされ」

高島家の奉公人が玲奈と藤之助を出迎え、その男衆にレイナ号の始末を頼んだ二人は、蔵屋敷の二重扉の向こうに隠された階段を伝って地下武器庫へと下りた。

藤之助にとって馴染みの場所だ。

「藤之助、二挺とも持っていく」

玲奈が聞いた。

「体に馴染んだスミス・アンド・ウエッソンだけにしよう」

藤之助は片袖《かたそで》を抜いた。

武器庫から革鞘《ホルダー》に入った五連発短銃を玲奈が取り出してきた。受け取った藤之助は革鞘を左の脇下へと革帯で素早く固定した。

革鞘から久しぶりに愛用の短銃を抜くと輪胴を外した。五発の弾丸が装塡《そうてん》されていた。

「手入れはしておいたわ」

「有難い」

藤之助は片手を振って輪胴を銃身に収めた。

「宿房に戻るの」

「宮仕えの身ではな、戻らずばなるまい。そうでなくとも二月も教授方の務めをしておらぬのだ。せめて明朝は一番先に道場入りしたい」

玲奈が袖を通す藤之助の胸に寄り添った。

「私が好き」

「さあてな」

「嫌いなの」

「嫌いで命を張った異国道中を致すものか」

唇と唇が重ねられた。

藤之助は体の奥に熱く迸《ほとばし》るものを感じた。だが、誘惑を振り切ると玲奈の体から離れた。

「玲奈、そなた、どうするな」

高島家本邸に戻るかと問うた。

「蔵屋敷に泊まるわ」

「お互い当分大人《おとな》しくしていようか」

「出来るかしら」

と玲奈が笑って、また藤之助の唇を奪うと、

「いいこと、危ない橋は渡らないで」

と自制を求めた。


梅ヶ崎の高島家蔵屋敷を出た藤之助は、直ぐに尾行者があることを察した。だが、夜も遅い。人影もない。

月明かりがわずかに中島川《なかしまがわ》に架かる橋を照らしていた。

すたすたと藤之助は橋を渡ろうとした。

そのとき、櫂《かい》の音が満潮の中島川に微かに響いた。どこか馴染んだ櫂の音だった。

藤之助は舟影を見て、だれが船頭の小舟か分かった。

江戸町惣町乙名の椚田太郎次家の奉公人、口と耳が不自由な魚心《ぎょしん》が漕《こ》ぐ舟だ。

(今頃どこへ)

と藤之助が考えたとき、前方に人影が浮かんだ。

「おまえさんの帰りをさ、首を長くして待っていたぜ」

その声は長崎奉行所の御用聞き佐城《さじょう》の利吉《りきち》だ。

隠れきりしたん摘発に異様な執念と情熱を燃やす利吉は、大目付宗門御改大久保純

友の手下として、執拗《しつよう》に藤之助と玲奈の捕縛に力を注いでいた。

万願寺二月押込めのきっかけになった西支所拷問倉の責めも、利吉の姦計《かんけい》に落ちてのことだ。

「懐かしい顔よのう」

「ふざけるねえ」

「利吉と申したか、それがしを付け狙うのはよい。だがな、万願寺で寒修行をなす一柳聖次郎らをいたぶろうとしたことは許せぬ」

「許せねえだと。どうする気だ」

利吉が前帯から十手を抜き出し、くるくると回すと藤之助を挑発した。

(斬るか)

と藤之助は咄嗟《とっさ》に思案した。

佐城の利吉にはいくらも恨《うら》みがあった。その利吉が一人で藤之助を待ち受けていた。生かしておいて為《ため》になる男ではなかった。

(いいこと、危ない橋は渡らないで)

玲奈の声が耳に響いた。

利吉が藤之助の前へとさらに歩み寄ろうとした。

そのとき、背後にも人の気配がして殺気が走った。

一人ではなかったか。

藤之助は利吉との間合いを見つつ、後ろを振り返った。

南蛮装束の長い外衣を翻《ひるがえ》した巨人がつかつかと藤之助に迫っていた。身丈は七尺はありそうな巨漢だ。

(ブレダンが放った刺客か)

「あやつは仲間か、正体を見たぞ」

利吉が勝ち誇ったように叫び、呼び子を夜空に吹き鳴らした。

この夜、利吉は大きな間違いを犯した。

藤之助の耳に櫂の音が再び響いた。

つつつ
と横走りすると川面に魚心の小舟の位置を確かめ、橋の欄干《らんかん》に片手をかけて一気に川面へと飛んだ。

どさり
と小舟の胴の間に落ちた。

すかさず魚心が立ち漕ぎで二本の櫂を前後に操作して舳先《へさき》を海に向けた。

「助かったぞ、魚心」

藤之助は、耳の不自由な魚心に大きく口を開いて礼を言うと、魚心が大きく頷いた。太郎次の命で藤之助らの身辺を魚心は見張っていたようだと、藤之助は推測した。

片膝《かたひざ》を突いた姿勢で橋の上を振り見た。

橋の左手からいくつもの御用提灯《ごようぢょうちん》が迫り、橋の中央で佐城の利吉と南蛮外衣の男が対決していた。

先手を取ったのは御用聞きの利吉だ。

するすると捕り縄が御用提灯の明りに虚空に浮かんで、鉤《かぎ》の手が南蛮外衣の武芸者の顔を襲った。

その瞬間だ。

南蛮外衣が翻り、左手でしなるサーベル剣の切っ先を摑《つか》んで弧に曲げた。

ぱあっ
と切っ先が離されると虚空にうねって飛んでくる鉤の手の綱を鮮やかに切断した。

さらにサーベルが変転して佐城の利吉の喉元《のどもと》に迫った。

その瞬間、一本のサーベルの切っ先が多頭のヤマタノオロチの如《ごと》くいくつもに分かれて利吉を襲ったのだ。
利吉は南蛮剣法の変幻自在を甘く見ていた。
一つの光る蛇頭を十手が払ったとき、残りの切っ先の一本がしなって、
「レ」
の字に刎《は》ね斬った。
ぱあっ
と血飛沫《ちしぶき》が立ち、利吉の体が一瞬竦《すく》んで、
ううっ
と唸り声を上げた。次の瞬間、
どさり
と崩れ落ちるように橋上に姿を消した。
南蛮外衣の武芸者は、数間先に迫った御用提灯の面々に一瞥《いちべつ》をくれると身を翻して、逃走に移った。それを御用提灯の一団が追い掛けていった。
(雉《きじ》も鳴かずば撃たれまい)
この言葉が藤之助の脳裏に浮かんだ。

第四章　薩摩の策動

一

わずか一刻半《いっときはん》の睡眠だった。が、藤之助《とうのすけ》は熟睡したせいで爽《さわ》やかにも目覚めた。稽《けい》古着《こぎ》姿の藤之助は井戸端に行き、まず顔を洗い、口を漱《すす》いだ。

「よし」

と自らを鼓舞《こぶ》するように小さな声を発すると、長崎海軍伝習所の剣道場に入っていった。

まだ道場を薄闇が支配していた。

神棚の前に座すと拝礼をなして、再びこの場で稽古をやれる喜びを感謝した。

木刀を手にした藤之助は、信濃一傳流《しなのいちでんりゅう》を基礎にして伊那谷《いなだに》の自然から想を得た、

「天竜暴《てんりゆう》れ水」

の構えをなした。

藤之助は木刀を正眼にとった。

呼吸を整えた後、高々と木刀を頭上に突き上げた。すると藤之助の体が薄闇の道場に屹立《きつりつ》する巨岩のように聳《そび》え立った。

藤之助は瞑想《めいそう》した。

脳裏《は》に岩を食んで流れる天竜の暴れ水が映じた。

信濃諏訪湖《すわこ》に水源を発して遠州灘《えんしゆうなだ》に流れ込む天竜川は全長五十三里（約二百八キロメートル）余、普段大人《ふだんおとな》しい流れだが、一旦《いつたん》増水するとその景色を一変させた。

滔々《とうとう》と下流へと迸《ほとばし》るように突っ走る水塊が巨岩や断崖に当たって砕け、水塊は四方八方に飛び散った。

今藤之助の脳裏に暴れ川があった。そして、天竜の背後に雪を頂いた赤石《あかいし》連峰や白根《しらね》の高嶺が堂々とあった。

剣の師片桐朝和神無斎《かたぎりあさたかじんむさい》は、門弟らを流れと高嶺に対峙《たいじ》させて、

「流れを呑《の》め、山を圧せよ」

と気概を育《はぐく》むことから剣法の初歩を教えた。

伊那谷の自然に打ち勝って肝《きも》っ玉を錬《ね》ることから信濃一傳流の教えは始まったのだ。
だが、戦場往来の実戦剣法は、度量と肝を錬ることを優先させ、一の太刀の攻撃にすべてを託する素朴なものだった。
戦国時代が去り、平時となったとき、信濃一傳流は近代剣法とはなり得なかった。一の太刀を外された後、次の変化する技がなかった、再び一の太刀に戻すしかない。
藤之助は一の太刀に続く独創の剣、天竜暴れ水を暴れ川の奔流から創意した。
閉じた両眼を、
くあっ
と見開いた。
木刀を高々と掲げた藤之助が、
ふわり
と真後ろに一間ほど飛んで後退した。同時に掲げられた木刀が八の字に振りきられて仮想の敵を二人倒していた。息吐《つ》く暇もなく横手に飛びつつ木刀を振るい、さらに斜めに走って強襲する。
藤之助の巨軀《きょく》が薄闇を裂いて軽やかに飛び、木刀が振るわれた。

暴れ川の激流が岩に当たり砕けて思いもかけないところへ飛び散るように身を飛ばし、木刀を振るった。その行動は際限なく続くように思えた。相手が何人いようとも藤之助の前には一人しかいないように迅速変幻に行動し、また技に始まりなく終わりもない。技は藤之助が意識したときのみ、動きを止められた。

四半刻《しはんとき》後、藤之助はしなやかにも最初に木刀を構えた場所に寸分も狂うことなく戻っていた。

高く掲げた木刀は微動もしない。

息がわずかに弾んでいた。

呼吸を整え、静かに木刀を正眼の構えへと戻し、引いた。

その瞬間、溜息《ためいき》があちらこちらから洩《も》れて静かなるどよめきが剣道場に響いた。

「座光寺《ざこうじ》藤之助剣術教授方、ようお戻りなされた」

と一柳《ひとつやなぎ》聖次郎《せいじろう》が伝習生を代表して叫び掛けた。

藤之助は木刀を下げた姿勢で入口付近に固まって、独《ひと》り稽古を見物していた聖次郎らに、

「二月《ふたつき》の不在お詫《わ》び申す」

と言いかけると一揖《いちゆう》した。

若い師範と門弟は、互いの立場を理解し合った。

藤之助は伝習生らを呼び集めると、改めて神棚の前に正座し、拝礼をなした。

いつもの海軍伝習所剣道場の稽古が始まった。

すでに藤之助は木刀を稽古用の竹刀《しない》に持ち替えていた。

伝習生らが東西に分かれて竹刀の素振りをして体を温め、筋肉を解《ほぐ》した。

仲春とはいえまだ寒く、筋肉が固まったまま打ち込み稽古に入ると思わぬ打撃を稽古相手に与え、また自らも怪我をすることになった。

十分に体を解し、筋肉が緩んだところで相手を選んでの打ち込み稽古となった。

「座光寺先生、お稽古お願い申す」

と一柳聖次郎がその時を待ち構えていたように飛んできた。一瞬ほど先を取られた栄五郎《えいごろう》が、

「聖次郎め、抜けがけしおって」

と地団駄《じだんだ》を踏んだ。

「本日は時間の許すかぎりご一統と稽古をする所存にござる」

藤之助と聖次郎が竹刀を構え合ったとき、高窓から剣道場内に仲春の光が差し込んできた。

（なんだ、これは）

聖次郎は対峙する座光寺藤之助が変わったことを意識させられていた。

万願寺《まんがんじ》で父子三人の刺客と対決して鮮やかに退けた技前を見て理解はしていた。だが、自ら藤之助の前に立ってみると改めて、

「剣者座光寺藤之助が別物に変わった」

と痛感させられた。

（以前とどこが違ったか）

威圧感は蟄居《ちっきょ》以前のほうがあった。その威圧感に接したとき、

（なにくそっ）

と立ち向かう闘争心を呼び起こす感情が迸った。

今、眼前にする藤之助は、静寂寡黙に立っていた。

それは巨大な雪の巌《いわお》が放つ荘厳な神秘にも、大海原の無限の力に秘められた慈愛にも似ていた。

江戸丸の船上で闘争心を剝《む》き出しにして挑みかかっていった藤之助はどこへ消えたのか。それはわずか一年ほど前のことであった。

聖次郎は、はるか彼方《かなた》をいく座光寺藤之助を頭に思い描いた。そして、眼前に立つ

藤之助とは何者かと思案した。

「どうなされたな、一柳どの」

一旦竹刀を下ろした聖次郎が、
ふうっ
と息を吐《は》いた。

「それがしが知る教授方座光寺藤之助ではない」

その嘆息を聞いた栄五郎が、

「聖次郎、そなた、坐禅《ざぜん》ぼけが続いておるか」

と傍《かたわ》らから口を挟《はさ》んだ。

「栄五郎、そなたには見えぬか」

「なにが見えぬと申すか」

「座光寺藤之助為清《ためすが》の剣風が変わった。一回りも二回りも大きくなったという表現では捉《とら》えきれぬ、なにかが生じた」

「聖次郎、熱でもあるのか。眼を見開いてとくと見よ、藤之助は藤之助だ。いささか技量が上達したとしても座光寺藤之助が変わる筈《はず》もないわ」

「かたちには見えぬなにかが変じた」

と聖次郎が繰り返した。

「聖次郎、いくら禅問答を繰り返しても稽古にはならぬ。どけ、それがしが座光寺教授方の正体を突き止めてみせる」

と栄五郎が聖次郎を押しのけると、

「二月の座敷牢暮らしで剣風が大きく変わるなれば、だれも道場稽古など積みはせぬ。沢庵和尚《たくあんおしよう》を真似《まね》て坐禅を組むわ」

と吐き捨てると、

「参る」

と竹刀を構えると、いきなり速攻を見せた。

聖次郎らが、すうっと下がって、藤之助と栄五郎の打ち込み稽古の場をあけた。

十分に踏み込んでの攻撃だった。

藤之助の竹刀が栄五郎の速攻に応じて弾いた。

その瞬間、栄五郎は不思議な感触を得た。弾かれた竹刀が真綿に包《くる》まれたようで手応えがない。打ち込みが封じられていた。

（なんだ、これは）

座敷牢に入っていたというのは真実《まこと》であったか。力が萎《な》えておるではないか。

栄五郎は二の手を小手打ちから面へと変化させた。近頃、練習を積んできた迅速の連続攻撃だ。

藤之助の竹刀が緩く舞って小手を外し、面を払った。

なんと、迅速が遅剣に弾かれた。それでいて弾かれた意識はない。

なにかが違う、栄五郎の頭に混乱が生じた。

「糞っ」

栄五郎はまるで手応えもないままに弾かれた竹刀を構え直すと不動の藤之助の面だけを狙って体当たりする勢いで突っ込んだ。

十分に踏み込み、力を込めた竹刀が、

ふわりふわり

と撥《は》ね除《の》けられた。

栄五郎にはなにが起こっているのか分からなかった。ただ臍下《せいか》丹田《たんでん》に力を込めて竹刀を振るい続けた。

目が回ってきた。

不動の藤之助の体が自らの前に迫りきた感じがしたとき、

どさり

と音を立てて道場の床に尻餅《しりもち》を突いていた。

「どうだ、栄五郎。それがしが申した言葉が分かったか」

頭を横に振った栄五郎が、

「それがし、どうして床にへたり込んでおる」

と自問した。

「独り芝居と申せば格好もつくが、そなた一人で跳ね回った挙句《あげく》に尻餅突いて勝手に倒れ込んだのだ」

栄五郎が藤之助を見上げた。

「そなた、座敷牢で南蛮手品でも覚えたか」

「馬鹿を申せ、そなたが気負って暴れ回っただけだ」

「おかしい」

と栄五郎が叫んだ。

「だから、言ったであろうが、座光寺教授方の剣風が変わったと」

「剣風が変わったのではないぞ、聖次郎」

「ではなにが変わった」

「人間が変わったようだ」

「そう思うか」

「思う」

と栄五郎と聖次郎が言い合った。

「なにも変わりはせぬ。そなたらが勝手にそれがしに幻《まぼろし》を見ておるだけだ」

「そこがおかしい」

と栄五郎が叫び、飛び起きて今一度藤之助に挑みかかろうとした。

「そなたとは十分に竹刀を交えた。聖次郎、稽古を致そうか」

と藤之助が聖次郎を指名した。

「教授方、幻を見ておるだけと申されましたな」

「いかにも。わが目でとくと確かめられよ」

二人は改めて竹刀を正眼に構え合った。

栄五郎が独り相撲を取った姿を見て、一柳聖次郎の力みが消えていた。この一月の動静を藤之助の動きに確かめようという企みも霧散していた。

いつもどおり平静に心身を保つことだけを考えて藤之助にぶつかっていった。

同年輩ながら師と門弟の打ち込み稽古が四半刻も続いたか。

藤之助は道場に長崎奉行所目付、光村作太郎《こうむらさくたろう》が入ってきたのを目に留めて、

「一柳聖次郎どの、これまで」

と竹刀を引いた。

「ご指導有難うございました」

と弾む息で師弟の礼を取った聖次郎に、

「聖次郎どの、今のままの稽古と研鑽《けんさん》を積まれよ」

「それでよいので」

「迷われることはなに一つござらぬ」

聖次郎がにっこりと笑った。頷《うなず》き返した藤之助は、道場の入口に立つ光村作太郎のもとへと歩み寄った。

「やはり主《あるじ》がいるといないでは道場の活気が違いますな」

長崎目付が笑いかけた。

「長崎じゅうに迷惑をお掛け申したようですね」

「いえ、長崎じゅうが座光寺様の動静を楽しんでおりますよ。時節はずれのくんちを催そうなんて気を起こさせるのは、座光寺先生ただ一人ですからな」

「恐縮です」

「座敷牢はいかがでしたか」

悪戯《いたずら》っ子のような笑いを浮かべた目が藤之助の顔を見た。だが、笑みを浮かべた顔の下に目付の厳しい観察があることをこれまでの付き合いで承知していた。

それでも目付と剣術教授方の付き合いを重ねる内に二人の間には共感する感情があることを互いが承知していた。

「座敷牢は畳三枚分の広さにございましたがな、一年の激変を反省し思い起こすによい体験となりました」

「座光寺先生が過ぎ去った歳月を反省なされた」

「おかしいですか」

「過去を振り返られるより将来に向かって時間の壁を突き破られるお方と存じておりましたのでな」

「ほう」

「そのようなお方はこの長崎に二人しかおられませぬ」

光村目付の感想とも問いともつかぬ言葉に、藤之助は無言で応じた。

「座光寺藤之助様と高島玲奈《たかしまれいな》様の行動ほど察しがつかぬものはございませんぬ」

「光村どの、これは御用の筋か」

「いえ、それがしの好奇心にございます」

と笑って応じた光村が、

「念のために昨夜の座光寺様の行動を尋《たず》ねに参りました」

「そなた方の探索方がそれがしに付いておられよう。どこから説明申しますな」

「高島家の蔵屋敷を独り出られて西支所に戻られる道中に見聞きしたことをお訊《き》きしたい」

「中島川《なかしまがわ》に架かる橋の上の一件ですな」

「いかにも」

「それがしが御用聞き佐城《さじょう》の利吉《りきち》を殺害したと疑っておられますので」

「いえ、そうではありますまい。ただ、南蛮外衣の剣士が座光寺様の敵か味方か迷うております」

光村は、ひたっと藤之助の目を見て、聞いてきた。

「待ち伏せをしていたのは利吉親分です」

光村が頷いた。

「あの者がそれがしに襲いかかろうとしたとき、背後に殺気を感じた。振り返って光村どのが申される南蛮外衣の剣士を初めて見た。そのとき、それがしは一瞬利吉親分の仲間かと疑いました」

光村はなにも答えない。

「親分も南蛮外衣の剣士がそれがしの仲間かどうか迷ったようです。その迷いの隙《すき》を突いてそれがし、中島川に飛び下りた」

「江戸《えど》町惣町乙名《まちそうまちおとな》家の船頭が水上に待ち受けていたそうな」

今度は藤之助が頷いた。

「利吉が鉤《かぎ》の手の付いた捕り縄を南蛮外衣の剣士に向かって投げ、南蛮剣士のしなる剣が捕り縄を切って、さらに御用聞きの喉元《のどもと》を撥《は》ね斬った。手練《てだれ》の早技でした。その光景をそれがし小舟の上からとくと目撃しました」

光村が首肯《しゅこう》すると思案に落ちた。

「混沌《こんとん》の長崎にまた一つ厄介事《やっかいごと》が生じたようです。心当たりはございませんので」

光村は言外に異国での紛争が関わりあるのではと問うていた。藤之助はじっくりと思案した体《てい》で、

「ござらぬ」

と否定した。光村もまたしばし間を置いた。そして、

「座光寺先生、大目付大久保《おおくぼ》様は、利吉殺しの下手人として先生を仕立て上げようとしておられる、気を付けて下され」

藤之助が問い返した。

「万願寺の刺客の雇い主がだれか、大久保様にお尋ねしたいもので」

にたり
と笑った光村が、

「雌雄を決する時が訪れそうですね」

と期待を込めた口調で応じた。

「光村どの、大久保様もそれがしも幕臣にござる。幕臣の本分がなにか、内輪争いをすることではあるまい」

その言葉に頷いた光村が道場を出ていき、藤之助は稽古に戻った。

二

船大工町《ふなだいくまち》界隈に甘い香りが漂っていた。

総二階白漆喰格子《しろしっくいごうし》も美しい、

「不老仙菓長崎根本製　福砂屋《ふくさや》」

の看板がかかる老舗《しにせ》から表通りへと甘い香りは漂ってきた。

藤之助は朝稽古を終えて昼下がりの町へと出た。なんとなく藤之助の足が向かったのは福砂屋だった。

「許せ」

「おや、座光寺様、今日あたりはお見えになってもよいころと思うちょりました」

と番頭の早右衛門《そうえもん》が迎えた。

「蟄居放免祝いの出迎えくんちにこちらの三姉妹を見かけたでな、礼にと立ち寄った。いつもかような香りがしておったか」

と藤之助が首を捻《ひね》った。

「ちょうどよい所にお出《い》でなったですたい。福州船がくさ、砂糖ばつんで数日前に長崎に入りましてな、そんで昨日になって蔵出しされた砂糖を入手致しましたで、カステイラを焼いておるところですたい」

「カステイラを製造とな、ぜひ見物したいものじゃな」

「ならば裏の作業場に通って下さらんね」

と番頭が店の裏手に案内した。

広い土間の一角に窯場《かまば》があって四角の取っ手のついた赤銅鍋を窯の中に突っ込んで焼いていた。鍋を扱う職人衆の額には玉の汗が光っていた。

甘い香りはこの赤銅鍋から漂っているのだ。

広々とした作業場は、火を使う土間と畳敷きと板の間からなり、そこでは襷《たすき》がけに捩《ね》じり鉢巻《はちま》きの老練な職人が大きな木鉢にすりこぎ棒を立てて回し、カステイラの生地をこねていた。その傍らにはたくさんの卵が入った竹籠、ぎやまんの水壺などがあった。

「ほう、こうしてカステイラが作られるか」

藤之助は職人衆の動きに目を止めた。

「カステイラが長崎に伝来した当時、かすてぼうろと呼ばれていたそうな。これはですな、鶏卵十個に対して砂糖とうどん粉がそれぞれ百六十匁《もんめ》の割合でございましてな、水加減を調整しながらじっくりとこねまして生地をこさえます。カステイラ作りの大本がこの生地でしてな、生地が上手くこねられんとふんわり焼き上がりまっせんもん」

と早右衛門が工程を説明し、

「その次にくさ、赤銅鍋に和紙を敷いて粉をふり撒《ま》いて、そこへ生地を入れて鍋の上下から熱を加えるとでございます。まあ、二百年の歳月が流れましたが、基本はあんまり変わりまっせん」

と窯前で赤銅鍋の上下からの火で焼く職人の動きを指した。

「やはり上手に焼き上げるこつは火加減かな」

「砂糖、うどん粉、鶏卵の割合はどこも秘伝にございましてな、どの菓子舗もそれぞれ工夫ば凝《こ》らしております。あとは座光寺様が申し上げられる火の塩梅《あんばい》ですもん。まあ、ふっくらと焼き上がるかどうか、これは長年の職人の経験と勘《かん》ですたい」

と早右衛門が言うと、

「座光寺様に焼き立てば御馳走《ごちそう》します。まあ、お掛け下さらんね」

と作業場の上がりかまちに藤之助を腰かけさせた。

心得た女衆が茶を運んできた。

「座光寺先生、異国の様子、どげんでしたな」

女衆がいなくなった後、早右衛門が笑いかけた。

「番頭どの、お間違いあるな。それがしは二月、万願寺に押込めの身にござってな」

「それは表向きでっしょうが。長崎者《もん》なればだれもそげん話信じておりまっせんたい」

「困ったのう」

「困ったもなんもあろうか。高島家の玲奈様と一緒に上海《シャンハイ》辺りに参られたと長崎者は信じておりますたい」

藤之助は苦笑で応じるしかなかった。

「番頭さん」

と声が掛かって焼き立てのカステイラが運ばれてきた。

黄金色の切り口から湯気が立ち上っていた。

「まあ、一回冷ましてくさ、甘味を全体に染みさせたほうがなんぼか美味《うま》か。ばってん、焼き立ても話の種たい、賞味して下さらんね」

「頂戴しよう」

小皿に切り分けられたカステイラを黄楊《つげ》のようじで刺し、口に持っていった。

湯気と一緒に南蛮の香りが藤之助の鼻腔《びこう》を刺激した。口に入れるとふんわりとした感触のあと、上品な甘味が口中に溶け広がった。

「どげんですな」

「口の中にえもいわれぬ南蛮の甘味と一緒に職人衆の手の温もりが伝わってきた。譬《たと》えていうならば、搗《つ》き立ての餅《もち》を食するような、そのような感じかな」

「そら、立派な褒《ほ》め言葉ですたい、職人も喜びまっしょ」

と応じた早右衛門が茶を喫し、話題を不意に変えた。

「近頃、うちの店に大目付大久保様がよう参らすたい」

「カステイラを食しにかな」

「あんご仁、座光寺様とだいぶ違いますもん。ぎやまんのような目玉でくさ、店じゅうを睨《にら》み回して、なんも言わんで帰りなさるときもございます」

「それは迷惑じゃな」

「慣れました。あん人は大目付に相応《ふさわ》しか人物ではございまっせん」

「番頭どの、滅多《めった》なことを口にするでないぞ」

「こげんこつ、座光寺様相手やけん話せることですたい」

と応じた早右衛門が声を潜《ひそ》め、

「座光寺様、あやつの手下の御用聞きが死んだちゅう話はほんとやろか」

と聞いた。

「佐城の利吉親分のことだな。真実《まこと》だ」

「やっぱりな、ほんとでしたか、いつかはこげん知らせば聞くことになると思うちょりましたがな、これで長崎がちっとばかり風通しがようなりまっしょ。それにしてん、どげんこつばして、あんげじげじが死んだとやろか」

藤之助は魚心《ぎょしん》の小舟から目撃した話を告げた。

「なんてな、南蛮外衣ば身にまとうた異人剣士が斬り殺したち言いなはるな。そりや、どけんしたことやろか」

　と首を捻った。

「それがしも初めて見る人物であった」

「今時くさ、鍔広《つばびろ》の帽子ば被《かぶ》ってくさ、真っ赤な裏地の外衣を身に着けた南蛮人が姿を見せたちな、二百年も前の南蛮時代に戻ったごたる話たいね」

　と早右衛門も首を傾げた。

「そん南蛮剣士やが座光寺様の味方やろか、敵やろか」

「はっきりと言い切れぬ。だが、それがしに敵意を持って姿を見せたように窺《うかが》えた」

「御用聞きの利吉は、座光寺様の代わりに殺されたと言いなさるな」

「利吉親分は、それがしの仲間と思うたようだ。その隙をついてそれがしが欄干《らんかん》から江戸町惣町乙名の船頭魚心どのの小舟にのがれた。それで利吉親分は、鉤の手の付いた捕り縄を南蛮人の剣士に投げ付けたのだ、それが不運を招いた」

「そりゃ、利吉親分には災難、座光寺様には幸運でしたな」

　と早右衛門が応じた。

「ともあれ、番頭どの、大久保様は忠実な手先を失くして怒り心頭と聞いておる。この店に姿を見せたときには、精々《せいぜい》言動には気を付けられよ」

「畏《かしこ》まりました」

早右衛門が頷いたとき、みずき、かえで、あやめの三姉妹が賑《にぎ》やかに作業場に姿を見せて、

「早右衛門、ずるい」

「なぜ私たちに藤之助様が参られたことを教えてくれないの」

「ねえ、玲奈様と一緒の異国ってどんなとこでした」

と一斉《いっせい》に話し出した。

「みずきどの、かえでどの、あやめどの、出迎えご苦労にございましたな」

藤之助はまず、時節はずれのくんちに潮汲みの娘姿で出迎えてくれた三人に礼を述べた。

「ねえ、座光寺様、異国はどこに行かれたの」

末娘のあやめが藤之助にさらに迫った。

「あやめさん、座光寺藤之助は、万願寺の座敷牢で大人しく時を過ごしておりました。異国なんぞには夢の中でも参っておりません」

「それはおかしい。だって、同じ頃、高島の玲奈様も姿を見せられないなんて、絶対におかしいわ。さあ、奥に行ってほんとの話を聞かせて下さいな」

あやめに手を取られた藤之助は福砂屋の作業場を後にして、奥へと向かった。

その夕方、藤之助は江戸町と出島《でじま》を分かつ堀の船着場から魚心の漕ぐ小舟に乗り込んだ。

江戸町惣町乙名の椚田太郎次《くぬぎだたろうじ》の供をしてのことだ。

藤之助は福砂屋の帰りに太郎次の家に立ち寄った。昨日のくんちの礼に伺ったのだ。すると女房のお麻《あさ》が玄関まで出迎えて、

「座光寺様、お久しゅうございましたな。太郎次は折よく居合わせておりますもん、ささっ、上がりなっせ」

といつもの居間に招じ上げられた。

「太郎次どの、此度《こたび》はなにからなにまで世話をお掛け申した。座光寺藤之助、礼の言葉も見当たりませぬ」

どこかへ出かける身支度の太郎次の前で頭を下げた。

「うちと座光寺様の仲たい、礼なんぞ要《い》りまっせん」

「太郎次どの、能勢隈之助《のせくまのすけ》から文が参った。太泥《パタニ》という湊《みなと》で船に託された文でな、二月ほど前のことのようだ」

「太泥に到着しておられましたか。今頃は、天竺《てんじく》のコルコタの湊に到着なされておられるか。いや、うまくいけばさらに天竺を南下してコロマンデル海岸に辿《たど》り着いておられるか」

太郎次の頭には異国の絵地図が浮かんでおるらしく言った。だが、藤之助には、そのような関わりがどうにも浮かばなかった。

藤之助は、それより一柳聖次郎らに未《いま》だ能勢からの文の存在を伝えられないでいることを気に掛けた。なにしろ朝稽古が終わると伝習生らは井戸端で汗を流すのも早々に食堂《じきどう》に走り、朝餉《あさげ》を掻《か》き込むと教場に向かった。

能勢隈之助が長崎から失踪《しっそう》し、異国にいる事実を知るのは長崎でも限られた者だけの秘密であった。その秘密を共有する聖次郎ら十一人だが、朝稽古の場には佐賀藩千人番所の者や長崎奉行所の同心もいた。

そんな場で能勢の文を開陳するわけにもいかなかった。

「能勢様は元気そうですな」

「船の航海にも異国の暮らしにも慣れて、旅を楽しんでおる様子です。これまで届いた手紙の中で一番落ち着いており申した」

「ならばなんの文句もなか」

と笑みの顔で応じた太郎次が、

「わっしはこれから通夜にございます」

「通夜、どなたか知り合いが亡くなられたか」

「へえ、佐城の利吉親分ですたい」

「あの者の通夜に太郎次どのがな」

「そりゃくさ、だれ一人あやつが好きな長崎者はおりまっせん。ばってん、会所《かいしょ》から顔出しせんわけにもいきますまいが。御用の最中に斬り殺されたとは、佐城の利吉親分らしい最期ですたいね」

藤之助が逃げたせいで、利吉が南蛮人剣士の犠牲になったともいえた。

「それがし、太郎次どのが魚心を付けておいてくれたお陰で命拾いを致した」

「なかなか手練《てだれ》の剣士のようでございますな」

「まず強敵じゃな」

藤之助の脳裏にはマードック・ブレダンが送り込んできた刺客という考えがあった。だが、そのことを太郎次には口にしなかった。

「座光寺様、どげんやろう、一緒に通夜に出なさらんね」

「佐城の利吉のな。考えればそれがし、利吉親分の最期を知る人物の一人ではある。

されど相手方が迷惑と思わぬか」

「座光寺様、昔から弔《とむら》いは招きがなくともだれが線香上げにいこうと構わんことになっとります。因縁と立場を超えて、気持ですたい」

「いかにもさようであったな。太郎次どの、お供致す」


そんな話から急遽《きゆうきよ》佐城の利吉の通夜に出ることになった。

魚心が立ち漕ぎする小舟は、長崎湾の奥へと向かっていた。

「太郎次どのは、利吉の家を承知か」

「浦上川《うらかみがわ》河口に家ば構えちょると聞いたことがございます」

太郎次も詳《くわ》しく知らぬ様子だ。

「家族はおろうな」

なんとも微妙な顔付を見せた太郎次が、

「座光寺先生、あやつ、地下人《じげにん》じゃあございまっせん。二十年も前に江戸からこん長崎に流れついたもんにございます。わっしの記憶じゃあ、天保《てんぽう》年間、新任の奉行戸川《とがわ》播磨守《はりまのかみ》様の内与力《うちよりき》に従って長崎入りしたと覚えとります。目端《めはし》の利《き》く男で戸川様が離任なされても利吉は長崎に残り、いつしか奉行所付きの密偵になっておったとです。

座光寺様も承知の強引な探索を奉行所が利用してきた節がございますたい。そげん男ですもん、長崎の女はなかなか見付かりまっせん。なんでも人の話には、流れ者の鳥追い女を家に入れて暮らしておるそうな。それ以上のことは会所の人間にも分かりまっせん」

「通夜は家で行うのであろうか」

「いえ、千養寺《せんようじ》と聞いちょります」

仲春の夕暮れが訪れ、魚心が浦上川の左岸付近に小舟を着けた。

「寺町と申しましても何軒か小さな寺が寄り集まったところにございましてな」

魚心を小舟に残した太郎次と藤之助は、浦上川の土手に上がった。すると薄闇の中に提灯《ちょうちん》の明かりが灯《とも》り、そこで通夜の場所の千養寺と分かった。

小さな山門前に人影が動いた。

利吉の来歴からいって参列の者が多い通夜ではない、それは二人にも想像が付いた。

山門前には長崎奉行所の役人が立っていたが、太郎次と藤之助の顔を見ると本堂へとすっ飛んでいった。

二人は山門を潜《くぐ》り、本堂に向かった。

本堂前に武家が立った。

幕府大目付宗門御改《しゅうもんおあらため》の大久保肥後守純友《ひごのかみすみとも》だ。

「そのほう、どの面《つら》下げて利吉の通夜に参ったか」

大久保が大喝《だいかつ》した。

「大久保様、長崎でん江戸でん一緒でっしょうが。通夜には恩讐《おんしゅう》を超えて心のある人が勝手に集まってよかことになっとりますたい。仏様の前ではどげん因縁があってもたい、この世の限りのことですもん。わっしが座光寺様を通夜にお誘い申しましたが、大久保様、いかんじゃろうか」

「おのれ」

「そいにくさ、利吉親分の最期ば座光寺様も見ておられますたい、その話をしに参ったがいかんやろか」

「座光寺藤之助、利吉を斬り殺したのはそのほうであろうが」

「大久保様、そなたも利吉親分の傷をご覧になられたでしょうな。あの傷が刀の切っ先で付くものかどうか。また戦いは佐城の利吉親分の仲間も見ております。親分を撥《は》ね斬《き》ったのは南蛮人の剣士にございました。そのとき、それがしは橋から離れた川面の小舟におりました。このこと、それがしだけの証言ではございますまい。とくとお考え下され」

藤之助が冷静に述べ、

「大久保様、利吉どのの仏前に線香を手向《たむ》けさせて下され, お願い申す」

と言い足すと藤之助の言葉に何も答えず大久保が本堂へ消えた。


四半刻後、千養寺で利吉の亡骸《なきがら》と別れを告げた太郎次と藤之助は、浦上川河口の船着場に待たせた魚心の小舟に乗り込んだ。

「長崎者は不人情じゃなかですもん。こん長崎に二十年住んでくさ、あげん寂しか別れは見たことなか」

「佐城の利吉親分の選んだ生き方が今宵《こよい》の通夜の人数になったのだ。致し方あるまい、太郎次どの」

二人が本堂に上がったとき、泣き崩れた女が一人、利吉の仲間が二人ほどいただけだった。大久保は庫裏《くり》にでも引っ込んだか、藤之助がいる間は姿を見せることはなかった。

藤之助は女に断り、利吉の傷を調べさせてもらった。

南蛮人が見せたしなる剣の動きを確かめたかったからだ。それは切っ先が喉元《のどもと》を、レの字に鋭利にも撥ね斬っていた。

「一緒に住んでおったちゅう女の涙が救いでしたな」

だが、藤之助らの挨拶《あいさつ》にも女はなにも答えることはなかった。

「心から悲しむ者が一人おれば、よしとせずばなるまい」

答える藤之助の頭に上海と寧波《ニンポー》で死んだ岩城和次郎《いわきわじろう》と石橋継種《いしばしつぐたね》の生き方があった。

「座光寺様、大久保様は長崎がいくら座光寺様の味方をしようが、江戸に戻ればただの伊那の山猿、交代寄合《こうたいよりあい》など捻《ひね》り潰《つぶ》すのはわけもないと洩らされたと聞いちょります、長崎の仇《かたき》ば江戸で討たれる話、ちいと卑怯《ひきょう》なことですたい」

と太郎次が観光丸乗船で江戸に帰国が内示された藤之助の身を案じた。

暗い海にばたばたと帆の鳴る、馴染《なじ》みの音が接近してきた。

三

夜風の中に春の深まりがあった。

ばたばたと帆を鳴らした小帆艇《しょうはんてい》レイナ号は、長崎湾を西に向かって突進していた。

藤之助と玲奈の間に舵棒《かじぼう》があったが二人は足に毛布をかけて肩を寄せ合って鼠島《ねずみじま》を横目に湾口へと向かっていた。

魚心の小舟からレイナ号に乗り移った藤之助に太郎次が、

「座光寺様、相変わらず身辺多忙にございますすな」

と苦笑いして送り出そうとした。

「江戸町惣町乙名、老陳《ろうちん》の鳥船が姿を見せたわ」

「あやつ、お二人の後を追って長崎に参りましたか。南蛮人の剣士は鳥船でやってきたとやろか」

と最後は太郎次が自問するように鳥船の到来より利吉を殺害した南蛮人剣士のことを気にした。

「玲奈、佐城の利吉親分を始末した南蛮人はマードック・ブレダンの放った刺客と考えてよいな」

「アドルフォ・マルケス・デ・イサカ伯爵《はくしやく》と自称するイスパニア人よ。ただし本名か、伯爵の爵位を持つ人物か怪しいものね」

玲奈が言った。

「イスパニア人とな」

玲奈の父親は、元阿蘭陀《オランダ》商館付き医師にしてイスパニア国籍の貴族であった。

阿蘭陀商館駐在員は建前として阿蘭陀人しか許されない規則だったが、商館長を除き、医師らは阿蘭陀人以外の国籍の者が黙認され、小者に至ればアフリカ系、アジア人など多岐に亘《わた》っていた。

「イスパニア国の中央部にカスティリャという地方があるわ、アラゴン国と一緒にイスパニア統一の折、中心になった王国よ。その王家に関わる伯爵イサカ家の出と称しているけど、真実かどうか当てにならないわね。ただし、葡萄牙《ポルトガル》が清国から租借して領有している澳門《マカオ》では伯爵として遇され、剣術は評判の腕前であったのは間違いない。イサカは鉄砲大砲の時代に剣に拘《こだわ》るイスパニア人。藤之助、あなたとどこか似ているわ」

「カスティリャは伊那谷と似ておるか」

「私もイスパニアのカスティリャなんて行ったことがないもの、信濃国と似ているかどうかなんて知らない。だけど、剣に拘りを持つところが似ていると言っただけ。もっとも金子で人を殺害することを請け合う輩《やから》と藤之助は違うわよね」

玲奈が慌《あわ》てて言い足した。

「それがしを無理に崇《あが》めんでもよい。時代遅れの剣術に執着するイサカに親しみを感じないでもない」

「藤之助、時代遅れであろうとなかろうと南蛮剣法に一身を賭けて異国を渡り歩いて長崎まで辿《たど》り着いた男よ。藤之助が剣で上海租界を驚かせたように、イサカも修羅場《しゅらば》を潜り抜けて生き抜いたしたたかさと危険を秘めている筈《はず》よ、甘く見ないで」

「玲奈、利吉が命を失ってまでイサカの南蛮剣法の一端をそれがしに残していってくれた。十分にイサカの凄味《すごみ》は承知しておる」

と答えた藤之助は、

「玲奈、ブレダンもこの界隈におると思うてよいか」

「薩摩《さつま》と取引の最中と聞いたわ。老陳の鳥船がいるということは近くにいると見たほうがいい」

と答えた玲奈が、

「左に方向を転じるわよ」

藤之助は船尾から立ち上がるとレイナ号の甲板に走り、玲奈が舵棒を操作すると舳《へ》先《さき》を転じさせた。そのせいで帆《ほ》にたわみが生まれ、ばたばたと騒がしく鳴った。藤之助が帆桁《ほげた》を回して風向きに合わせ、再び帆に風を孕《はら》ませた。

外海に風が巻くように吹いていた。それでもレイナ号が快足を取り戻していた。

「藤之助、編上げ靴を持ってきた。履《は》き替えなさい」

「おお、それは助かる」

藤之助は革靴の機能性と耐久性を上海で十分に承知していた。玲奈が用意してくれたのは上海で履き慣れた編上げ靴の一足だ。

藤之助は雪駄《せった》から靴に履き替えながら、聞いた。

「太郎次どのからも薩摩がさらに熱心に武器を調達しておると聞いた」

「島津斉彬《しまづなりあきら》様の娘の篤姫《あつひめ》様が右大臣近衛《このえ》忠煕《ただひろ》様の養女になり、敬子《すみこ》様と名乗っておられるのを承知」

「薩摩の姫君まで手が回らぬな」

「伊那の山猿め、大きく目を見開きなさい」

「その姫様がどうしたな」

藤之助には玲奈が話題を転じた意味が理解付かなかった。

「去年十一月十一日、敬子様は、渋谷《しぶや》の薩摩藩邸を出立《しゅったつ》して十三代将軍家定《いえさだ》様の御台《みだい》所《どころ》として江戸城大奥にお輿《こし》入れなされたわ」

「薩摩島津家の姫が徳川家の御台所に上がったとな」

直参旗本《じきさんはたもと》交代寄合伊那衆の当主でありながら、長崎に滞在し、さらに長駆《ちょうく》上海に渡っていたがゆえに江戸事情に疎《うと》い藤之助であった。

「なんぞ意味があるか、玲奈」

「薩摩は、家定様と敬子様と縁戚を結ぶことで保身を図り、一方で列強と幕府の衝突を視野に入れてせっせと武器や阿片《あへん》を買い漁《あさ》っている」

「薩摩は徳川幕府が倒れることを前提にして、倒壊後を考えて動いているのだな」

「そのとおりよ、敬子様の嫁入りも武器購入も薩摩にとって激動の時代を生き抜くための布石の一つでしかない」

「東国大名や直参旗本は、せいぜい鎧《よろい》兜《かぶと》を新調して戦いに備えるくらいの知識しかないぞ」

藤之助は文乃《あやの》の実家の武具商甲斐屋《かいや》佑八《すけはち》の商売が急に有卦《うけ》に入《い》ったのは、江戸湾に黒船が来航して以降のことだということを思い出していた。

「西国大名は薩摩の島津様に限らず密輸交易を通じて異国事情に通じているもの、幕府だけを見て動いているわけではないの」

長崎に来て実際に見聞きした事実だった。

藤之助が頷いたとき、野母崎《のもさき》が見えてきた。

三角波がレイナ号の舳先に当たって砕け、船尾にいる二人の顔を濡らした。

岬の突端を回り込むと樺島《かばしま》の島影が波間に浮かんで黒々と巨《おお》きな鳥船の船影が見えた。だが、随伴《ずいはん》の船はいない。

「老陳の鳥船よ」

と玲奈は船影だけで推測し、

「寧波　黒竜《こくりゅう》」

と描かれた船名が月明かりに見えるところまでレイナ号を大胆にも接近させて、巨大なジャンク船の周りを一周させようとした。

右舷《うげん》から左舷《さげん》に回り込もうとしたとき、野母崎の浜辺に焚火《たきび》が焚《た》かれているのがわかった。

「老陳の商いの現場ね。武器の密輸か、阿片か、覗《のぞ》いてみましょうか」

玲奈は小帆艇を焚火から半里ほど右に寄った岩場に向けた。岩場沿いに焚火へと近付く算段のようだった。

「藤之助、隠し戸棚にライフルがあるわ」

藤之助は甲板下の船室に身を潜り込ませた。狭い船室だが整頓されているために明かりなしでも隠し戸棚を探しあて、鹿革にくるまれた銃器二挺を取り出した。銃弾を入れた革袋と一緒に玲奈のもとに戻った。

藤之助はそれが上海行きの土産の一つ、亜米利加《アメリカ》製のスペンサー・ライフル銃であることを承知していた。ゲーベル銃より命中精度も操作性も改良された連発ライフル銃だった。だが、二人に騒ぎを起こす気はない、用心のためだった。

藤之助が銃弾を装塡《そうてん》し終える間に、玲奈は小帆艇を切れ込んだ岩場が自然に造り出した入り江に入れていた。

藤之助は縮帆作業にかかり、玲奈が焚火から五丁（約五百四十五メートル）ほど西に離れた岩場にレイナ号を接岸させた。縮帆を終えた藤之助が碇《いかり》を水中に落として岩場に飛ぶと舫《もや》い綱で小帆艇を固定した。

足首がぴっちりと締まった編上げ靴のせいで足元がしっかりと安定していた。

藤之助は小帆艇の扱いに慣れて、狭い甲板上でも迅速な作業ができるようになっていた。

「藤之助」

玲奈がスペンサー・ライフル銃を岩場の藤之助に投げて寄越した。虚空で受け取った藤之助の立つ岩場にレイナ号から玲奈が飛び上がってきた。

その夜の玲奈はぴっちりとした乗馬ズボンに長靴姿だった。

「参ろうか」

藤之助が二挺のライフル銃を持ち、玲奈は双眼鏡を入れた革箱を肩から吊《つ》るした身軽な格好だった。

薄い月明かりを頼りに二人は岩場を走った。

焚火を見下ろすと思える岩場に這い上がった二人は弾む息を整えた。

藤之助は一挺のスペンサー・ライフル銃を玲奈に渡した、岩場に寝そべるとそっと這いずっていった。すると眼下に唐人ら二十数名が焚火を囲んで酒を飲み、その傍らには麻袋に包まれた木箱が何十箱も積まれていた。さらに近くの岩場に一際《ひときわ》大きな小山があって、帆布がかけられていた。さらに小山の横には丸太を三本組んだ仕掛けがあって、その上部に滑車が取り付けられていた。

重い荷を吊り上げ、岩場に寄せた船に荷揚げする道具であろう。

密輸の品は阿片ではない、銃器のようだ。

「薩摩は着々徳川幕府崩壊後に備えておるな」

「西国大名は大なり小なり、仕度をしているわ。薩摩様も敬子様が輿入れするまで滞在していた渋谷の屋敷は、ペリー提督の黒船艦隊の江戸湾来航の折、戦いに備えて江戸湾べりから遠く離れた渋谷村に避難所として建てられたものよ」

「薩摩はぬかりがないな」

「ペリー提督江戸来航の情報は、長崎におられた薩摩藩士大迫源七《おおさこげんしち》様を通して薩摩に知らされ、斉彬様が決断した結果、建てられたの」

「長崎の情報が江戸を動かすか」

「そのことは幕閣の方々は認めようとはなさらない」

玲奈が皮肉な口調で応じたとき、月明かりで航行する帆船が焚火に接近してきて沖合いに停船した。

玲奈が双眼鏡で覗いて、

「〇に十の字、薩摩様の帆船だわ」

と島津家の帆船と確認した。

帆船から伝馬船《てんません》が何隻も下ろされ、海岸へと漕ぎ寄せられてきた。

玲奈が双眼鏡に両眼を当てて、視環《しかん》を調節していたが、

「やはり」

と呟《つぶや》くと双眼鏡を藤之助に渡した。

藤之助が覗くと一隻の伝馬船にマードック・ブレダンの姿があった。

「しぶといな」

「騒乱の国を股《また》にかけて武器を売り歩く死の商人よ。生き抜くために危険を察知する嗅覚《きゅうかく》は並外れているわ」

「これからもわれらの前に姿を見せると申すか」

「こんなご時世よ。ただ今の敵がいつ味方に変わるともしれないわ。せいぜいブレダンの商売繁盛を祈っておきましょうか」

「幕臣としては武器の密輸の現場をみすみす見逃すのも癪《しゃく》の種ではある」

「藤之助、そんな些《さ》細《さい》な根性と考えは上海に捨ててきたんじゃなかった」

「玲奈は長崎生まれ、それがしは未だ伊那の山吹《やまぶき》陣屋で育った記憶を忘られんでな」

「旧態依然とした仕来《しきた》りとか考えに縛られていると、清国が今味わう悲劇が藤之助を見舞うわよ」

「精々《せいぜい》心致そう」

と藤之助が呟いたとき、ブレダンらを乗せた薩摩の伝馬船が浜辺に乗り上げた。

さらに鳥船から早船が一艘《そう》漕ぎ出されたのを見た藤之助は、双眼鏡をそちらに向けた。すると馴染みの顔がいきなり飛び込んできた。

元吉原《よしわら》の女郎瀬紫《せむらさき》、今は黒蛇頭《くろじゃとう》の頭目老陳と組んで密貿易、海賊行為に走るおらんの姿だ。

ぞろりとした打ち掛けに白塗りの顔、髷《まげ》は立兵庫《たてひょうご》に結い上げて鼈甲《べっこう》と思える櫛《くし》笄《こうがい》が何本も髷を飾っていた。白い羽根扇を悠然と使っていた。

「玲奈、おらんが姿を見せたぞ」

「傍らに老陳がいるわね」

藤之助は双眼鏡をわずかばかり移動させた。すると早船の胴の間にどっかと老陳が肘掛《ひじかけ》椅子に腰を下ろしていた。

「上海の悪党が長崎の野母崎に顔を揃《そろ》えたわ」

「武器の取引きの現場に出くわしたか。長崎奉行所の鼻先での商い、嘗《な》められたものだな」

「それが今の徳川様の実態よ」

すでに薩摩船の伝馬は浜辺に乗り上げていた。さらに老陳とおらんが乗る早船が到着した。

通弁を通して何事か話されていたが、風と波音で藤之助と玲奈のいる岩場には聞こえなかった。

浜辺の一行はまず麻袋に包まれた細長い木箱を囲んで、唐人の人足がいくつかの箱の蓋《ふた》を開けた。薩摩藩士らが銃を手に仔細《しさい》に点検していた。だが、試射をする様子はなく箱の蓋が閉められた。

一行が岩場に移動した。

薩摩藩士らは帆布に包まれた木箱の周りをうろうろと歩き回り、その大きさを確認しているようで、落ち着きない動きから緊張が窺えた。

マードック・ブレダンが唐人の人足に何事か命じた。すると帆布が引き剝《は》がされた。

「藤之助、双眼鏡を貸して」

玲奈が藤之助の手から双眼鏡を奪い取るようにして帆布が剝がされた武器を見た。

藤之助は肉眼で大砲と確認していた。

「英吉利《イギリス》製アームストロング砲よ」

「最新のものか」

「前装式ね、砲身は錬鉄をぐるぐると巻いて鍛造《たんぞう》した大砲だと思う、ということは最新式ではない」

アームストロング砲に鋼鉄砲身後装砲が登場するのは今しばらく後のことだ。

「それにしても鎖国下の日本にあって前装式鍛造砲が密輸入されるのは、初めてのことかもしれないわ、会所は出し抜かれたわね」

とちょっぴり悔《くや》しさを滲《にじ》ませた玲奈が呟き、

「まさか」

と驚きの声を上げた。

「どうした」

「試射をする気だわ」

「いよいよ長崎奉行所も甘く見られたものだ」

藤之助らが見ているとも知らず、眼下の岩場ではアームストロング砲の試射の準備が行われた。実行するのはマードック・ブレダンに同行していた二人の砲士だった。ブレダンと同じ国籍か、そんな風貌に思えた。

砲口が野母崎と樺島のほぼ中間、西南の海域に向けられた。

薩摩藩士らが砲士の一挙一動を見守り、不審があると直《す》ぐに通弁を介して問い質《ただ》した。答えは一々筆記されて記録に残されていく。そのせいでなかなか試射砲撃は進まなかった。

藤之助はふと自分たちが伏せる岩場の後ろの海域を振り見た。すると長崎奉行所の見張り船が三艘、試射が行われる海域に向かっているのが見えた。

「玲奈、見よ」

藤之助の言葉に玲奈が振り向き、見張り船に気付くと双眼鏡を向けた。

「戸町《とまち》御番屋の見張り船ね」

「危険を教える法はないか」

「レイナ号に戻っても間に合わないわ。まあ、闇夜に鉄砲ともいうし、大砲なんて狙って当たるものじゃなし、今宵は高みの見物といきましょうか」

と大胆にも言い切った。

試射の現場に注意を戻すとようやく砲撃準備がなったか、薩摩藩士たちがアームストロング砲の後ろに控えて両手で耳を覆《おお》っていた。

藤之助はそのとき、おらんの狂笑を聞いた。岩場の上で打ち掛けの裾《すそ》を乱し、白の羽根扇を振り回して景気を付けるようにおらんが踊り狂っていた。

（おらんめ、阿片の毒に頭を冒されたか）

と思ったとき、マードック・ブレダンが大仰《おおぎょう》な動きで、

「発射《ファイヤー》！」

と叫ぶ声を聞いた。

その直後、砲台が発射の反動で後ろに下がり、殷々《いんいん》たる砲声が野母崎の浜辺に響きわたり、砲口から砲弾が飛び出したのが見えた。

戸町御番屋の見張り船は、砲弾が飛来する海域に入り、砲声に驚愕《きょうがく》した様子で右往左往を始めた。そのはるかかなたの上空を砲弾が飛び去って、暗い海面に落下すると大きな水飛沫《みずしぶき》を上げた。

アームストロング砲を発射したブレダン一行も突然姿を見せた長崎奉行所の見張り

船に退却の仕度に入った。

まず薩摩藩の伝馬船に木箱が積み込まれ、最後にアームストロング砲が砲身と砲台に分解されて滑車を利用しての積み込み作業に入った。

その間、沖合いの見張り船は態勢を整え、おずおずと浜辺に近付いてきた。

だが、老陳の鳥船から鉄砲を撃ちかけられ、浜辺に近付くことさえ出来なかった。

浜辺では悠々と撤収の仕度を終えて薩摩藩の伝馬船がまず母船へと向かった。最後にブレダンと老陳が鳥船へと引き上げて、野母崎の密貿易の現場は何事もなかったように静寂に戻った。

沖合いに戸町御番屋の船が密輸の現場に行き合いながらなんの手出しも出来ることなくただ遊弋《ゆうよく》していた。それが徳川幕府の現状を表していた。

「藤之助、帰りましょ」

玲奈が冷めた口調で言い、夜の散策は唐突に終わった。

四

深夜八つ（午前二時）前、長崎の遊里丸山《まるやま》。

閉めたてられた座敷から赤い光がわずかに艶《なまめ》かしく洩れて、女の細い歌声が聞こえてきた。

「長崎のにわとりは、とき知らぬ鶏ぞ、また宵《よい》に、唄うて、様を戻いた、しゅらいな」

御船唄《おふなうた》とも呼ばれる琉球節《りゅうきゅうぶし》だ。二人が掛け合う唄の合間に、

「ソリャ」

とか眠たげな娘の合いの手が入った。

座光寺藤之助は丸山の辻に独りいた。

玲奈の愛艇レイナ号を梅ヶ崎の高島家蔵屋敷の船がかりに入れようとした二人は、待ち受ける人の気配を感じ取った。気配には並々ならぬ殺意が込められていた。

「玲奈、ふらりふらりと伝習所に歩いて戻る」

藤之助が玲奈に告げると、玲奈も心得て小帆艇を梅ヶ崎の船着場にすぐさま寄せた。

「船遊び、楽しかったぞ」

玲奈に声を掛けた藤之助は、梅ヶ崎から唐人屋敷と唐人蔵を目指して海岸沿いを歩き出した。その背に水門が開閉される音がして、レイナ号が高島家の船がかりに入っ

た気配があった。

本籠町《ほんかごまち》から船大工町と夜の道を辿り、寛永《かんえい》元年甲子《きのえね》（一六二四）に創業のカステイラ本家福砂屋が眠りに沈む辻で藤之助は、不意に行き先を変えた。伝習所に向かう足を丸山に向けたのだ。

あんまの笛が遠くから響いてきた。杖に縋《すが》って歩くのか、高足駄《たかあしだ》の音が、

「からんからん」

と気だるく聞こえた。

藤之助は丸山の辻を梅園天神《うめぞのてんじん》の方角へと歩き出した。

一丁先の路地からあんまが姿を見せて、夜空に向かって笛を吹き鳴らした。

藤之助は、

「さすがに遊里かな、この刻限あんまを頼むご仁がおられるか」

と感心しながらもそぞろ歩きを続けた。

あんまの高足駄が藤之助の五、六間前で止まり、見えない目を虚空にさ迷わせて、

「おや、こげん刻限に酔狂な人がおらっしゃるたい」

と呟いた。

「脅かしたか、相すまぬ」

あんまが顔を傾けて藤之助を見た。その顔に近くの妓楼《ぎろう》から洩れてきた明かりが当たって浮かんだ。

「そん声はもしや伝習所の先生やなかろかね」

「それがしを承知か」

「そりゃくさ、長崎者《もん》ならたい、誰《だい》も知っちょります」

あんまが杖を地面に這わすと歩き出した。

「夜分ご苦労じゃな」

「あんまに闇夜は付きもんですたい」

あんまが藤之助の左手を通り過ぎようとしてよろよろとよろめいた。それでもなんとか踏み止《とど》まった。

「長崎と琉球が、陸地《かちじ》ならよかろ、馬に鞍《くら》おいて、往《い》たり来たりしょ、しゅらいな」

琉球節の調べを聞く風情で藤之助の傍らに踏み止まったあんまが豹変《ひょうへん》した。

杖が手元に引き付けられ、左手が杖に添えられると右手が躍った。

仕込み杖の刃が、
きらり
と洩れてくる明かりに浮かんだ。

その瞬間、藤之助はあんまに体当たりを食らわしていた。

もし腰の藤源次助真《とうげんじすけざね》に拘っていたら、迅速の居合いに腰を割られていたかもしれない。

あんまの体が突き飛ばされて藤之助から離れ、仕込み杖の切っ先が夜風を無益に斬り割った。

「あんまとは、小細工に過ぎたな」

藤之助が一間余の間合いを確かめ、腰の助真を抜き放った。

あんまの腰が伸びて高足駄が後ろに飛ばされた。そして、不自由を装っていた義眼がぎらりと光って見開き、正眼に戻った。すこし斜めに傾げられていた顔が藤之助を正視した。

いつしか、刃は仕込み杖に戻っていた。

「居合いが得意か」

あんまは無言だ。

「そなたの顔に見覚えはない。だれに雇われたか、喋《しゃべ》って三途《さんず》の川を渡らぬか」

「吐《ぬ》かせ」

くぐもった声が答えた。

「もはやそなたの上手は封じられた。あとは死ぬばかり、退くなれば今しかない」
藤之助は助真を舞扇《まいおうぎ》のように右手一本に立てて翳《かざ》した。
信濃一傳流奥傳正舞《おうでんせいまい》四の手。
ふうっ
と相手が息を吐き、溜《た》めた。
藤之助の片手の助真が右から左へゆるゆると舞い始めた。
あんま姿の刺客がじりじりと間合いを詰《つ》めた。
間合い半間。
あんまの口に隠されていた笛が不意に、
ぴぃぴぃ
と鳴らされた。同時にあんまが上体を傾かせて踏み込んできた。
藤之助の助真はそのとき、正面から体の左側へと移行しようとしていた。
あんまの仕込み杖が音もなく抜き放たれて、藤之助の胴を襲った。
ほぼ同時に助真が舞扇のように傾けられ、動きを早めて飛び込んでくる刺客の首筋を、
ぱあっ

と片手一本に操られる切っ先が撥《は》ね斬った。
ああっ
呻《うめ》き声が洩れて、
口の中の笛が、
ひゅっ
と鳴って刺客が立ち竦《すく》み、両眼をぱちぱちさせた。
「こ、腰の力が」
と呟くとその場に崩れ落ちた。それでも口を大きく開いて息を吸おうと試みた。ために笛に息が入ったか、かすれたような空気の音が洩れて、ことりと動かなくなった。
一方、藤之助は息つく暇もなかった。
丸山の辻に黒衣の一団が出現したのを見ていた。
藤之助には初めての集団だった。
過日、一柳聖次郎ら伝習生十一人の前に姿を見せると、万願寺座敷牢の鍵を投げていった連中だったが、藤之助は初対面だ。
「今夜は賑《にぎ》やかじゃな」

藤之助は、未だ姿を見せぬ、

「影の人」

に告げた。

「田舎芝居《いなか》でもあるまいし、雑魚《ざこ》ばかりを揃《そろ》えたものよ」

藤之助と襲撃者とは十数間の間があった。

独りの襲撃者の後、大勢でどう攻撃してくるか、藤之助が思案したとき、黒衣の半数が丸山の通りに片膝《かたひざ》を突いた。そして、背の腰帯に差し込んでいたか、半弓を出して矢を素早く番《つが》え、さらに残りの半数が立射の構えを取った。

「あんまの不意打ちが利《き》かぬとあらば、大勢で射殺そうという算段か。あれこれと猿知恵を絞りおるわ」

藤之助は助真を鞘に納めて、両手をだらりと下げた。

大勢の飛び道具の敵に先手を取られていた。

半弓の弦が引き絞られた。半弓とはいえ十数間の間合いだ。不動の藤之助が的《まと》、外す距離ではない。

「座光寺藤之助為清、覚悟を致したか。潔《いさぎよ》いと褒《ほ》めておく。丸山の寝静まった景色を土産にあの世に参れ」

一団の長が宣告した。

その直後、銃声が響いた。

スペンサー・ライフル銃が律動的な銃声を刻むと弓手がばたばたと倒れていき、残った仲間たちは何事が起こったか、辺りを見回し、弓を射ることを一瞬躊躇《ちゅうちょ》した。

一団の乱れた隙を突くように藤之助の片手が小袖の襟元《えりもと》に突っ込まれ、スミス・アンド・ウエッソン社製輪胴式五連発短銃《リボルバー》の銃口が竦む弓手らに向けられ、引き金が絞られ、
タンタンターン
と小気味よい間合いで銃声を響かせた。さらに藤之助の射撃に再びスペンサー・ライフルが加わった。

藤之助は硝煙《しょうえん》の臭《にお》いの中で、玲奈が丸山の遊廓の屋根の上から射撃をする姿を脳裏に描いていた。

次々に刺客たちが倒れ伏していた。

藤之助は阿吽《あうん》の呼吸で随行《ずいこう》して掩護《えんご》をしてくれた高島玲奈に一発を残した短銃を握る右手を振ると、

「感謝」

の気持ちを送った。

四半刻後、藤之助の身は正覚寺《しょうかくじ》の石段の途中にあった。

闇からそこはかとなく春の香りが漂ってきた。

慶長《けいちょう》八年（一六〇三）、征夷大将軍《せいいたいしょうぐん》に任じられた徳川家康《とくがわいえやす》は、遠国長崎はきりしたんに靡《なび》く風潮ありと知り、この年、四月に法体の人、小笠原《おがさわら》一庵為宗《ためむね》を初代長崎奉行として送り込んだ。

小笠原、長崎に到着して村里浜辺を巡見するにきりしたん寺はあれども、仏場は一宇としてないことに気付き、正法の寺を建立《こんりゅう》すべしと、西本願寺より川口道智《かわぐちどうち》を召し出して、正覚寺を建立せしめた。

以後、正覚寺は、大音寺《だいおんじ》、大光寺《だいこうじ》、光永寺《こうえいじ》、晧台寺《こうたいじ》とともに、

「長崎仏寺五山」

に数えられ、邪教追放の先頭に立つことになる。

藤之助は梅園天神社からさらに孤影を引いて正覚寺の石段を登り、山門に達しようとしていた。

もはや藤之助の手にはスミス・アンド・ウエッソンはなかった。ただ、右手が懐《ふところ》

に突っ込まれていた。

　山門付近で人の気配がした。

　藤之助は石段を七、八段残したところで歩みを止めた。

　行く手を抑えるように人影がたった。

　幕府大目付宗門御改大久保純友だ。

「ようよう姿を見せられましたな」

　大久保が黒紋付の羽織を脱いだ。すでに襷掛《たすきが》けだ。

「自らそれがしの命を絶たんとする仔細《しさい》が生じましたか」

「老中堀田《ほった》様年寄目付どのの策であろう。突然、長崎滞留が沙汰止《さたや》みになった、江戸に戻らねばならぬ」

「それでそれがしを始末なさると申されるか」

「座光寺藤之助、交代寄合伊那衆、わずか禄高千四百十三石が長崎にきて舞い上がりおったわ。幕府大目付職をないがしろにした罪軽からず、座光寺家断絶に追い込み、主《あるじ》の命を絶つ」

　大久保が宣告すると、藤之助を山門前に誘い出すつもりか、すいっと身を引いて姿を消した。

譜代《ふだい》大久保家は大坂夏の陣の功績があって四千二百石に加増され、堂々たる大身旗本であった。その上、当主の純友は、幼少より小野派《おのは》一刀流を学び、

「小野次郎左衛門《じろうざえもん》の再来」

と評された人物であった。

過剰なほどの矜持《きょうじ》の持ち主は、伊那谷に領地を持って江戸との参勤を強《し》いられる交代寄合など直参旗本の内にも数えていない。

藤之助は姿を消した大久保純友の誘いに乗って石段を一段二段と上がった。その瞬間、ふわっ、と殺気が押し寄せてきた。

虚空に人が飛翔し、藤之助に殺到してきた。

咄嗟《とっさ》に藤之助は懐から手を抜き出し、摑《つか》んでいた小鉈《こなた》を虚空の人物に投げ打っていた。幼少の頃から手足のように扱ってきた道具だ、どんな状況下であれ、操ることが出来た。

狙い違《たが》わず飛翔する人物の額に小鉈が吸い込まれ、

げえぇっ

という叫びが起こったとき、藤之助は姿勢を低くして一気に石段を駆け上がり、山門前に到達していた。

大久保純友は山門下で藤之助を待ち受けていた。

「座光寺藤之助一人を始末するにおのれ一人の力に縋れぬか」

「伊那の山猿とは違う。われら一族、神君家康様以来の譜代の臣である。大久保家当主は配下の者を手足のように使う才があってこそ頭領」

大久保が剣を抜き放った。

「座光寺家、いかにも交代寄合の一員にして家禄千四百十三石にござる。されど」

「されど、なにか」

「大久保純友、そなたも幕閣の一人なら首斬安堵《くびきりあんど》なる言葉、城中の風説に聞いたことはないか」

「なにっ、首斬安堵じゃと」

大久保の顔に驚愕《きょうがく》が走った。

さすがに譜代の臣だ、驚きに首斬安堵の意を承知している気配があった。

「そなたの死出の旅路に一つ頭に刻んで参れ。座光寺家、伊那の辺境にありといえども歴代の将軍家の首斬安堵を任された家系、大久保肥後守純友ごときに始末される身ではないわ」

藤之助の宣告に大久保純友が正眼の剣を引き付け、一気に攻め込んできた。さすがに小野次郎左衛門の再来と称されるだけに果敢な攻めで、藤之助は助真を抜き合わせることもできずただ防戦に追われた。

後退した。必死で逃げた。

伸びのある攻撃の連鎖に藤之助も反撃の機を見出すことができず、執拗《しつよう》な小手斬りにひたすら後退するばかりだった。

小手斬りの連続技が胴へしなやかに移行し、未《いま》だ素手の藤之助の衣服を切り裂いた。さらに一撃、藤之助の肩口に変じた攻撃をなんとか避けた。

大久保の顔に笑みが浮かび、最後の攻撃に移るつもりか正眼へと構えを戻した。

一瞬の隙に藤之助は飛び下がり、間合いを空けた。

ようやく藤之助は助真を抜く機会を得た。大久保の気持ちの余裕がその行動を許したのだ。

藤之助は奇妙な構えを見せた。半身《はんみ》の構えで右手一本に持った助真を突き出し、左手が均衡を保つように立てられた。

奇怪な構えの藤之助の背後に急な石段があった。

正眼の剣が引き付けられ、大久保の体が前傾姿勢で藤之助に踏み込んできた。

藤之助の左手が虚空でゆっくりと上下して、腰が沈んだ。

右手に保持された藤源次助真が引き付けられた。

大久保純友の電撃必殺の剣が藤之助の右肩口に落ちた。

藤之助の体がさらに沈み込み、その動きを利して反対に伸び上がると助真がしなやかにも突き出されて大久保の喉を撥ね斬った。

意表を突いた南蛮剣法を藤之助が行使したのだ。

藤源次助真の切っ先が大久保の踏み込んできた喉を抉《えぐ》り、勢い余って翻筋斗《もんどり》を打った大久保の五体が虚空へと飛んで、正覚寺の急な石段に転がった。

藤之助は、助真に血ぶりを呉《く》れた。

絶叫しながら転がり落ちる大久保が石段下に落ちて、
すとん
と息絶えた。

第五章　南蛮寺の決闘

一

文乃《あやの》は番頭篤蔵《とくぞう》の訪問の知らせに急いで玄関に向かった。すると篤蔵が小僧の則吉《のりきち》に大荷物を背負わせて玄関に立っていた。

「おられましたか」

「いるわよ、奉公先だもの」

つい町娘の口調に戻った文乃が返答した。

ふうっ
と大きな息を吐いた篤蔵が額《ひたい》に光る汗を手拭《てぬぐい》で拭った。

「どうしたの、家になにかあったの」

篤蔵が文乃を見て、

「大目付宗門御改《おおめつけしゅうもんおあらため》　支配下雑賀五郎蔵《さいかごろぞう》と名乗るお方が店に現れましてな、座光寺《ざこうじ》家の廃絶が内々に決まった。この家の娘が座光寺家に奉公しているようだが、早い機会に奉公を辞すことだな。そうせぬと座光寺家の廃絶に巻き込まれる羽目になるぞ、と脅《おど》していかれました」

と声を潜《ひそ》めて一気に言った。

「宗門御改」

文乃は江戸では余り聞かれない職掌《しょくしょう》を口にした。

「主《あるじ》の大久保《おおくぼ》肥後守純友《ひごのかみすみとも》様が肥前《ひぜん》長崎に出張《でば》っておられるとか。雑賀様はどうやら大久保様の命《めい》で動いておられる様子です」

「長崎で座敷牢に押し込められている藤之助《とうのすけ》様と関わりがある話かしら」

「まず間違いありますまい」

と答えた篤蔵が、

「旦那様とお内儀《かみ》様が文乃様の身を案じておられましてな」

文乃は、しばし座光寺家の玄関先に散る春の光に視線を預けて考えを纏《まと》めた。

「雑賀なんとかって宗門御改の手下に脅されて屋敷奉公を辞すなんて、文乃の沽券《こけん》に関わるわ。そう思わないの、篤蔵」

老練な番頭に文乃が問い返した。

「それはまた」

「お父《とっ》つぁん、おっ母《か》さんは昔から臆病《おくびょう》なの。私は座光寺家を辞めるときは私の考えで決めるわ」

則吉が目をぱちくりさせて文乃を見た。

「三月下旬には藤之助様が江戸に戻って参られるのよ。それまで奉公を続けなきゃ不忠者と誹《そし》られるわ」

「雑賀様は座光寺家の断絶が明日にも迫ったような口調でしたがな」

「篤蔵、この一件、老中堀田《ほった》様の年寄目付陣内嘉右衛門《じんないかえもん》様に問い合わせたの」

あっ、と驚きの声を発した番頭が、

「これはまた篤蔵としたことがぬかりました」

と額を掌《てのひら》でぽーんと叩《たた》いた。

「旦那様とお内儀様があまりにも動揺なされるものですから、つい陣内様のことを失念しておりました。この足で陣内様にお目にかかります」

「そう、それが先よ」

と頷《うなず》いた文乃は、則吉に視線をやると、

「背の大荷物はどこぞの屋敷の届け物なの」

と聞いた。

「いえ、お内儀さんが奉公先で粥《かゆ》ばかり啜《すす》っている娘があまりにも不憫《ふびん》と申されて、魚野菜味噌醤油に甘味まで持っていけと申されたんですよ」

「近頃、粥から少しはよくなったわ。一応三度三度は食べているもの」

「顔の色艶《いろつや》がそれでいいのか」

則吉が式台の端に大風呂敷の荷を下ろすと、文乃を呼び寄せた。

篤蔵は少し離れた場所で老中堀田家に陣内を訪ねる理由でも思案しているのか瞑想《めいそう》していた。

「お嬢様、後藤松籟庵《ごとうしょうらいあん》の駿太郎《しゅんたろう》様ですがね、なかなかの働き者ですよ。近所の評判も申し分なしです」

「ふーん」

「関心ないのですか」

「座光寺家に伸《の》し掛かる暗雲で頭が一杯なの」

「お嬢様のこれからに関わる大事です。則吉が苦労した話なのにな」

拍子抜けした体《てい》で則吉が話を止めた。

「聞いているわよ、最後まで話しなさい」

則吉が文乃の顔を覗《のぞ》き込んで、

「駿太郎さん、さすがに先祖代々京の出のお方ですね。色白ですうっと鼻筋が通ったいい男なんです。則吉が遠目に見てもぞくりとするほどの整ったお顔立ちでしてね、それでいて嫌味がない」

「そういう人は遊び人よ」

顔を横に激しく振った則吉が、

「まあ、金があって色男とくれば親父様に隠れて悪所通い、吉原《よしわら》に馴染《なじ》みがいても不思議はない。ところが駿太郎様に関してはそんな浮いた話はないのです。かといって、町内の若い衆と付き合いがないわけじゃありません。大山参りなんぞに行って遊ぶことはあるらしい。でも、さっぱりとした気性で後を引くようなことはないんですって」

「いいこと尽くめの相手じゃない。則吉の調べは仲人口の上をいくわね」

「そうなんです、困りました」

「則吉が困ることではないわ」

「どうします。悪い話じゃないと思うけどな」

則吉の言葉にしばし沈思した文乃は、

「則吉、よく考えるわ、一生のことですもの。でも、今は座光寺家の心配を解決することが先ね」

文乃が答えたとき、篤蔵が、

「則吉、参りますぞ」

と堀田家訪問の思案が立ったか、文乃と額を寄せて話し込む則吉を呼んで、

「お嬢様、目処《めど》が立ったら則吉を使いに立てます」

と言い残して座光寺家を出ていった。

文乃は、

「藤之助様か駿太郎様か、迷うところね」

と腕組みして新たな思案に落ちた。


大目付宗門御改大久保肥後守純友の殺害された事件は、長崎じゅうを大騒ぎに巻き込むことになる。

当然のことだった。大久保の忠実な御用聞き佐城《さじょう》の利吉《りきち》が南蛮人剣士に殺されたば

かり、その矢先の、幕閣の要職にある大久保の死だ。

疑いの目は座光寺藤之助に向けられた。

稽古《けいこ》の最中、長崎奉行所目付の光村作太郎《こうむらさくたろう》、同隠れきりしたん探索方同心飯干十八郎《いいぼしとおはちろう》が姿を見せて、藤之助に面談を求めた。

指導を中断した藤之助は、二人に対面した。

「昨夜の行動をお話し願えますか」

といきなり光村が切り込んできた。

「なんぞございましたので」

無言で二人が頷き、

「座光寺先生、まずはわれらの問いに答えてくれませぬか」

と光村が再度願った。

「昨夜《ゆうべ》、江戸《えど》町惣町乙名《まちそうまちおとな》の椚田太郎次《くぬぎだたろうじ》どのと一緒に佐城の利吉親分の通夜に千養寺《せんようじ》に参った。それはそなたらも承知であろうな」

光村が頷いた。

「その後、どうなされました。西支所の門番が座光寺先生の戻りはだいぶ遅かったと証言しておりますがな、惣町乙名と最後までご一緒でしたか」

「いや、千養寺の帰り、われらの小舟と高島玲奈《たかしまれいな》どのの小帆艇《しょうはんてい》レイナ号が出会い、夜の散策を誘われたで、それがし、野母崎《のもざき》まで遠出致した」

藤之助は正直に告げた。それが真実を糊塗《こと》する唯一の方策と思ったからだ。

「野母崎ですとな、目的があってのことですか」

「最前も申したが夜の散策、気まぐれにござる」

「野母崎でなんぞ見られましたか」

大きく頷いた藤之助は、

「老陳《ろうちん》の鳥船黒竜号《こくりゅう》を見かけたな」

「ほう、鳥船はなにをしておったので」

「薩摩《さつま》帆船と出会い、密輪をしていた」

「長崎の鼻っ面で薩摩が密輪ですと」

「そればかりか大胆にも大砲の試射までしてのけた、光村どの、さすがに驚いたぞ」

長崎奉行所の役人二人はなにも答えない。

「そこへな、戸町《とまち》御番屋の見張り船が姿を見せて砲撃に仰天し、砲弾が着水するのに驚いたか、狼狽《ろうばい》しておられたな」

と見聞したことを正確に告げた。

「騒ぎの一部始終を見物しておられたので」

「岩場の上からな」

「座光寺先生と玲奈様くらいのものですな。密輸の現場に行き合わせて高みの見物を決め込まれるのは」

「戸町御番屋の見張り船も相手が老陳の鳥船では分《ぶ》が悪かろう。どう足掻《あが》いても大砲を積んだ黒竜に太刀《たち》打ちできるものではないからな」

「その後、どうなされました」

「薩摩の帆船が最初に姿を消し、鳥船が現場を去るのを確かめてレイナ号に戻ったのだ。それゆえ長崎に戻ったのが八つ（午前二時）を過ぎておったかも知れぬ」

光村が飯干を振り見た。

「座光寺どの、差し料を拝見できませんか」

「なんのお調べか言いもせず、わが助真《すけざね》を検《あらた》めると申されるか」

藤之助が気色ばんでみせた。

二人が顔を再び見合わせ、光村が、

「本未明、大目付大久保肥後守純友様が小島村正覚寺《しょうかくじ》石段下に骸《むくろ》を曝《さら》しておられるのを発見されました」

「なんと大久保様が」

藤之助は絶句し、

「それがしの大小は壁の刀掛けにござる。存分に調べられよ」

と二人に許しを与えた。

光村と飯干が刀掛けに向かった。

藤之助は宿房に戻ると眠りに就く前に藤源次助真《とうげんじすけざね》と小鉈《こなた》の手入れをして、切っ先や刃《やいば》に付着した血の汚れを拭い落としていた。

飯干が助真を手にして鞘《さや》を払い、切っ先を仔細《しさい》に点検していた。それが済むと脇差《わきざし》長治《おさはる》を検めた。

二人が再び藤之助のもとへと戻ってきた。

「手入れをなされましたか」

「それがし、毎夜、差し料の手入れをする慣わしがござってな、刀の手入れをすると高ぶっていた気持ちがすうっと鎮《しず》まり、安らかに眠りに就くことができる」

「さすがに座光寺どの、抜かりがございませんな」

と飯干が皮肉を言った。

「飯干どの、お褒《ほ》め頂くほどのことでもない。ところでそれがしに大久保純友様殺害の嫌疑が掛けられておるのでござるか」

二人は沈黙した。だが、光村が、

「いずれ座光寺先生にも知れることゆえ申し上げておきましょう。大久保様は、佐城の利吉を殺した南蛮人の剣士に出会うたか、呼び出されたかして正覚寺にて対決したように思えるのです」

「目撃した者がおられるか」

光村が顔を横に振った。

「致命傷は喉元の撥《は》ねられたような突き傷にござってな、利吉の傷跡とよう類似しており申す」

飯干の視線が険しくも藤之助に注がれていた。

「その者の探索は進んでおり申すか」

いや、と光村が顔を歪《ゆが》めた。

「阿蘭陀《オランダ》船は長崎に逗留《とうりゅう》しておらぬ。となれば、出島《でじま》の商館員の仕業とも考えられるがその気配もない。長崎にどのような方法で渡ってきたか」

「ご両者、玲奈嬢と見た老陳の鳥船に南蛮人の剣士が同乗してきたとは考えられませぬか。薩摩藩と武器の密輸に携《たずさ》わる一味、鳥船なれば南蛮人の一人や二人、乗船させり申さぬ」

「ありえない話ではござるまい。されどわれらには、南蛮人の真の狙《ねら》いが今一つ分かる余裕はござろう」

「ほう、鳥船にな」

と飯干が呟《つぶや》き、
と藤之助の顔色を見た。

「はっきりとした事実は、佐城の利吉親分と大目付大久保純友様が南蛮人剣士に殺害されたことでござろう。そこから物事は考えねば先に進みますまい」

「いや、未《いま》だそうとばかりは言い切れぬ」

「なぜかな、飯干どの」

「利吉は、座光寺先生の身代わりに殺された形跡がある」

「それは確か」

と藤之助は譲歩した。

「さらに大久保様が殺された現場にもう一人骸が残されてあった。この者、大久保様と行動を共にしていた人物と判明しておる。この者の傷じゃが、鉈のような鈍器で殴られたか、投げ打たれたかで額を割られておる、とても南蛮人の仕業とも思えぬ」

藤之助は答えない。ただ飯干の次なる言葉を平然と待っていた。

「座光寺先生はいつも懐《ふところ》に小鉈を持参しておられたな」

「幼少の砌《みぎり》より使い慣れた道具を持参することがござる。じゃが、それがしは、その時分、長崎小島村から遠く離れた野母崎におったでな、いくらなんでも小鉈が一人で飛んでいく筈《はず》もない」

飯干に代わって光村が切り出した。

「南蛮人剣士の真の狙いは座光寺藤之助どのではないのか。そのような推測をわれら立てたのですがいかがにございますな」

「南蛮人剣士がこれまで殺害した、ないしはそう目《もく》される三人は、それがしの身代わりとなったと申されるか」

「心当たりがございませぬか、座光寺先生」

「ござらぬ」

藤之助が即座に言い切った。

「座光寺先生、大久保様の死、われら幕臣にとっては厄介《やっかい》ごとにござる。一方、長崎会所《かいしょ》にとっては目の上の瘤《こぶ》が取れたに等しき慶事にござろうな」

「それがしも幕臣の端くれにござるぞ。そのことお忘れではないか」

「座光寺様も幕臣にございましたな」

光村作太郎が皮肉にも応じると飯干とともに道場から姿を消した。

「なんぞ厄介ごとが生じたか」

と成り行きを見ていた様子の酒井栄五郎《さかいえいごろう》が藤之助の傍《そば》に寄ってきた。

「幕府大目付大久保様が殺害されて骸で見つかったとか」

「なんと、これは予測も掛けぬことじゃな」

と嘆息した。

「どうした、栄五郎」

と一柳聖次郎《ひとつやなぎせいじろう》が聞き、

「大久保純友どのが骸で見つかったそうな」

と栄五郎が大声で通じて、
おおっ
というざわめきが起こり、その場にある者全員が大久保の死を知ることになった。

「聖次郎、おぬしの仇敵が消えた」

「大久保様を仇敵などとは思うてはおらぬ」

聖次郎はそれ以上の言葉は吐かなかった。

「道理で今朝は、勝《かつ》様はじめ、奉行所の方々の姿が見えぬな」

「大目付宗門御改は幕府の要職じゃぞ、厳しい調べが続こうな」

「かもしれぬ」

と答えた藤之助は、

「ご一統、稽古を中断させたな。われらが立ち騒いでも探索の邪魔になるだけにござろう。われらはわれらの本分を尽くそうか」

と稽古の再開を命じると、

「栄五郎、稽古を致そうか」

と藤之助のほうから呼びかけた。

「おっ、北辰一刀流《ほくしんいっとうりゅう》のお玉ヶ池流を披露し申そうか」

二人は海軍長崎伝習所の剣術教授方と伝習生と立場は異なれど、北辰一刀流千葉《ちば》道場では、酒井栄五郎が先輩だ。ほぼ年齢が一緒とあって二人だけのときは、遠慮はない。

互いに竹刀を構え合うといつものように栄五郎が先に仕掛け、藤之助が丁寧《ていねい》に一つひとつの技を払いながら、栄五郎の動きの乱れを待った。

胴打ちを弾かれた栄五郎の竹刀が面へと変ずると見せて、小手に展開した。だが、疲れが招いたか、上半身だけの攻撃になって足元が乱れた。

びしり

と手厳しい面打ちが栄五郎の面頰《めんぽお》に決まって、腰砕けにその場に転がった。

ふうっ

と胡坐《あぐら》を床に掻《か》いた栄五郎が肩で息を吐いた。

「踏み込みが足りぬ筈《はず》はないと思うても、軽々と外されて仕舞《しま》うわ。おれも伊那谷《いなだに》で野猿と一緒に駆け回れば、迅速《じんそく》の剣が身についたか」

いつもの調子でぼやいた栄五郎に、

「床に胡坐をいつまで掻いておるつもりか。ほれ、手を貸せ」

と藤之助が手を差し出し、顔と顔が接近した。

「藤之助、他人は騙《だま》せてもおれは騙せぬ」

「なんの話じゃな」

「大久保純友を始末したのはそなたじゃな」

栄五郎の顔が間近で藤之助を睨《にら》み据《す》えた。

しばし沈黙を守った藤之助が、

「栄五郎、誤解も甚《はなは》だしいな」

と笑みの顔で穏やかに応じた。

二

ゆらりゆらり
と舟にゆられて藤之助は、長崎湾を横切っていた。

船頭は豆州戸田《ずしゆうへだ》生まれの船大工上田寅吉《うえだとらきち》だ。

おろしゃ国のプチャーチン提督の旗艦ディアナ号が下田湊《しもだみなと》で地震による津波に見舞われ、大破した。その修理にディアナ号は、伊豆半島の西海岸戸田湊に運ばれ、そこで修理されることになった。戸田は駿河《するが》湾に面し、静かな内海を擁《よう》して、和船建造も盛んだったからだ。

だが、戸田村入湊《にゆうそう》を目前に駿河湾でディアナ号は浸水沈没してしまう。

戸田湊の漁師らは自らの危険をも顧《かえり》みず漁《いさ》り舟を出して人命救助にあたり、五百余人もの乗組員の命を救った。

戸田村の宝泉寺《ほうせんじ》などに分宿したプチャーチン提督一行は、祖国へ帰る道を探ることになった。

日本を取り巻く国際環境が厳しい時期であった。突然五百人ものおろしゃ人を自国に滞在させる羽目に陥った徳川幕府は解決策に苦慮した。

プチャーチン提督らは江戸との粘り強い交渉の末、戸田湊でスクーナー型帆船を建造し、それに乗船して帰国することが決まった。

洋式帆船建造は日本で初めてのことであった。この建造に携わったのが和船の船大工寅吉らだ。

おろしゃ海軍と戸田の船大工の合作で完成した帆船は、両国の親善友好を願って、

「ヘダ号」

と命名され、プチャーチン一行はヘダ号に乗船して帰国した。そして、戸田の船大工らに洋式帆船建造の経験と技術が残された。

幕閣にも英邁《えいまい》の人がいたとみえて、寅吉を長崎に送り込み、さらに竜骨を備えた西洋式の帆船技術を学ばせることにした。

藤之助は長崎にきて上田寅吉と知り合い、その来歴を知った。

藤之助自身も安政《あんせい》の大地震の直後、吉原《よしわら》に後足で砂を掛けるようにして足抜けした遊女瀬紫《せむらさき》（おらん）を追捕《ついぶ》して戸田湊を訪れたことがあり、二人は急速に付き合いを深めることになる。

この日の昼下がり、玲奈から稲佐山《いなさやま》の茶店にいるとの知らせを受けて大波止《おおはと》まで下りてきた。すると、

「座光寺様、ご健在の様子、なによりです」

と石造りの船着場の一角から声がかかった。

「寅吉どの、久しぶりかな」

「どちらに参られますな」

「対岸の稲佐まで渡りたいと思うておる」

「乗りませんね」

「寅吉どのの手を煩《わずら》わせてよいか」

「久しぶりにございます、座光寺様の元気な声も聞きとうございます」

藤之助は言葉に甘えて新造の小舟に乗せてもらった。

三角帆が張られるように工夫された小舟は、レイナ号に似てなくもない。だが、二つの小帆艇の違いは寅吉のそれには補助帆がなく、また水密性を保持する甲板が張られていないことだった。それでも三角帆が張られると軽やかに前進を始めた。

「寅吉どの、手造りなされたか」

「暇に任せてこさえてみました。まだまだ工夫が足りませぬな」

「寅吉どの、近頃暇を持て余しておられるか」

「観光丸江戸回航が決まり、伝習生方の実習訓練の時間が増えましてな、阿蘭陀人も大工に造船術を教えるほうまで手が回りませんでな、近頃、放っておかれております」

と寅吉が苦笑いした。

三月四日、観光丸は江戸へと回航される。

その際、観光丸の操船は伝習所第一期生が中心に任されることになっていた。それもあって観光丸は連日のように長崎湾から角力灘《すもうなだ》など外海に出て猛訓練が行われていた。

その煽《あお》りを船大工の寅吉は食らったようだ。

「座光寺様、お尋ねしてようございますか」

「それがしとそなたの仲、遠慮なく聞かれよ」

藤之助の言葉に寅吉はしばし迷った。だが、意を決したように、

「清《しん》国の上海《シャンハイ》には英吉利《イギリス》、亜米利加《アメリカ》、仏蘭西《フランス》国がそれぞれ進駐して自分らの町を作っておるとの話ですがな、清国人によいこともございましょうか」

寅吉は、長崎会所や阿蘭陀商館と繋《つな》がりを持ち、藤之助が清国上海に渡ったことを

前提の上で質問していた。

藤之助は正直に答えた。二人の間に隠し立てする要はなかったからだ。

「寅吉どの、残念ながらよきことはあまり目に付かなかった。阿片《あへん》戦争の敗北の結果、清国は英吉利など列強に上海、広州《コワンチヨウ》、福州《フーチヨウ》、厦門《アモイ》、寧波《ニンポー》の五つを開港したな。それがしが短い滞在の間に見たのは上海と寧波だけだ。ために正しい観察かどうか疑わしい、寅吉どの、その点は留意して聞いてくれ」

「へえ」

「清国内に進出した列強各国は、海軍を先頭に商人、宣教師などが一丸となって租界地造りを始める。いきなり、上海の一等地に英吉利や仏蘭西の町が出来たようなものだ。だが、主《あるじ》たる清国人はその租界地には列強当局の許しがなければ立ち入りできぬ」

藤之助は短い滞在の間に観察した上海事情を寅吉に告げた。

「例えば、この長崎にかれらの租界が出来たとせよ。長崎奉行所、長崎会所の力はぐうっと弱まり、長崎人は不自由な暮らしを強《し》いられることになる」

「わっしらが出島や唐人屋敷に押し込められて過ごすようなものですか」

「上海の租界の広さは長崎の出島や唐人屋敷どころではない。それ自体が町であった」

「英吉利人が清国人に造船技術や商売のこつを教えるようなことはございませんか」

「それがしが見るかぎり列強各国と清国人が対等に交わる光景はなかったように思う。それより列強は清国内の内乱に乗じて商いの拠点を大きく広げ、確かなものにしようとしているのが見受けられた」

「長崎は早晩列強を受け入れることになりますか」

「寅吉どの、上海の二の舞だけは避けねばならぬ。そのために寅吉どのもそれがしもこの長崎におるのだからな」

寅吉がしばし沈黙した。

すでに寅吉手造りの小帆艇は稲佐に近付いていた。

「座光寺様、わっしに観光丸に乗船して江戸に戻る内示がございました。今のわっしの腕はせいぜいこの小舟を作る程度のことでございますよ。わっしは出来ることならば、帆船の造船だけではなく蒸気船造船技術も習得しとうございます」

「異国に渡りたいと申されるか」

「へえ」

と寅吉が頷いた。

「寅吉どの、江戸と長崎は遠い。幕閣の方々は長崎事情どころか異国事情を受け入れることを拒んでおられる。もはや幕藩体制の根幹の一つ、鎖国策は有名無実、外側からどんどんと壊されておるというのにな」

「能勢《のせ》隈之助《くまのすけ》様も異国に出られたとの噂がございます」

藤之助は頷くと、

「寅吉どの、それがしが助けになるなれば、そなたの願いが実現できるよう手伝う。だが、それには慎重の上にも慎重を期さねばならない。独りの考えで動かんでくれ、よいな」

「はい」

寅吉の顔が晴れやかに変わった。

老婆えつが女主の稲佐浜の茶店の奥座敷では、高島玲奈が見知らぬ武家と対面していた。

陽に焼けた武骨な顔は、三十五、六か。少し窪んだ双眸《そうぼう》がきらりと光って聡明を表していた。

そして、もう一人、江戸町惣町乙名椚田太郎次に出入りの髪結い文次《ぶんじ》が同席していた。

「早かったわね」

立ち上がった玲奈が藤之助の首に腕を巻き付けると、いつものように口付けして出迎えた。

藤之助は玲奈の口付けを受けた後、両の頬《ほお》にお返しの接吻《せっぷん》をした。

文次は玲奈の大胆な行動を見て見ぬ振りをした。だが、もう一人の同席者は両眼をぱちくりと見開き、

「噂には聞き申した。高島の嬢様は不敵ん女子《おなご》じゃとな。あん噂はほんもんでごわしたか」

と薩摩弁で驚きを見せた。ようやく藤之助を解放した玲奈が、

「藤之助、こちらのお方は、薩摩の庄司厚盛《しょうじあつもり》様よ」

と紹介した。

藤之助は、その場に座すと、

「伝習所剣術教授方座光寺藤之助にござる」

と自ら名乗り、頭を下げた。

「座光寺先生の武名は鹿児島《かごしま》でん、江戸の薩摩屋敷でん、上海でんなかなかの評判に

ごわすな」

　と庄司が笑った。

「藤之助、野母崎でアームストロング砲の試射を見たわね、薩摩が購入したアームストロング砲の売買に藩士として携わったのが庄司様よ。あの老陳の鳥船に乗船して上海、寧波に渡っておられたの」

「あの夜の試射にも立ち会っておられたか」

「まさか、あの現場を高島玲奈様と座光寺先生が見ておられようとは考えもしませんでした。さすがに長崎で最強の組み合わせと評判のお二人だけのことはある」

　庄司がお国言葉から江戸弁に変えて答えた。

「それがし、まさか密輸の現場に行き合うなど夢想もしておりません。玲奈どのの誘いに乗っただけにございましてな」

「そんなことどうでもいいわ」

　と玲奈が言い放った。

「南蛮人の剣士の身許が分かったの」

「イスパニア人のアドルフォ・マルケス・デ・イサカ伯爵《はくしゃく》ではないのか」

「箔《はく》をつけるためにイスパニア貴族を僭称《せんしょう》したようね。ほんとうは仏蘭西国バスク人ピエール・イバラ・インザーキ、年は四十二歳と分かったの」

藤之助にとって相手の名などどうでもよかった。

「やはり鳥船で長崎に渡ってきたか」

玲奈が頷くと、

「マードック・ブレダンの刺客と見てよいか」

「いかにもさようにござる」

と庄司が明言した。

「それがし、寧波から薩摩までの航海中、何度もインザーキの相手をさせられ、刀の扱いを教え申した。いえ、まさか、座光寺先生との対決のための学習とは一向に知らんでな」

「庄司どのは、東郷重位《とうごうしげかた》様の示現流《じげんりゅう》でござろうな」

「いかにも」

と答えた庄司が、

「江戸藩邸勤番の折、それがし、お玉ヶ池の千葉道場に通いました」

「それがし、晩年の周作《しゅうさく》先生に入門を許された者です。庄司どのは北辰一刀流の先輩にあたる」

「長崎に参り、座光寺先生の履歴を知りましてな、それがし、なんとも複雑な気分にごわした」

と最後は薩摩弁に戻して苦笑いした。

「藤之助、薩摩藩士は幕府の連中よりはるかに融通無碍《ゆうずうむげ》の行動をなさるわ。波乱万丈の世の中、その都度有効な札《ふだ》を切って生き抜く、当然の術よ」

「玲奈、なにも思うておらぬ」

と玲奈に言いかけた藤之助は、庄司厚盛に視線を戻した。

「それがし、インザーキなる剣士が御用聞き佐城の利吉の喉元を撥《は》ね斬《き》った光景を遠くからですが目撃致しました。西洋のサーベル術がしなりを利した剣法と承知しております。ですが、インザーキの南蛮剣法は、玄妙にして不可思議だ。一本の切っ先がヤマタノオロチのように何本にも増えて複雑にして迅速に虚空に撥ねた。それがしには、どれが実《じつ》でどれが虚か、判別付きませなんだ、一瞬裡《り》にすべてが終わってござった」

と藤之助が嘆息した。

「ヤマタノオロチと評されたが、いかにも摩訶《まか》不思議な剣法にござる。それにしてもあやつがあの秘剣を座光寺様の前で披露しましたか。よほど自信があるのか、はたまたなんぞ仕掛けがあってのことか」

　と庄司が首を傾げた。

「庄司様、私たちがマードック・ブレダンの商いの邪魔をしたのは確かだわ。ブレダンが藤之助と私に恨みを感じて刺客を長崎に送り込んできたのも当然といえば当然のことよ。そのことは私も藤之助もなにも思っていない。早晩、インザーキが藤之助の前に姿を見せるわ、そのとき、私たちがどう対応するか、それだけよ」

「玲奈嬢様、なにを案じておられます」

「これまでこんな不安な気持ちになったことがないの」

「玲奈嬢様、それがし、座光寺先生がすでにインザーキの秘剣を見破っておられると思うております」

「どうして言えますの」

「幕府大目付宗門御改大久保純友様の死体の傷を薩摩の密偵が確認しており申す。それはインザーキの秘剣がつけた傷跡と見紛《みまが》うものであったと、それがし認識致しました。だがな、サーベルと剣は刃も切っ先も機能も違う。それでも座光寺先生は一度だけ目撃したインザーキの剣法を真似《まね》て、小野派一刀流の達人大久保様を斃《たお》しておられる」

庄司は秘密をあっさりと言い切った。

藤之助も文次も玲奈もなにも答えない。

「長崎奉行所も大久保様を斃した真の相手を薄々《うすうす》気付いておられよう。だが、それを公《おおやけ》にするよりは、謎の南蛮人剣士インザーキのせいにしていたほうが江戸に対して都合がよいと考えられた」

ふうっ
と文次が溜息《ためいき》を吐《つ》いた。

そのとき、文次も庄司厚盛も立場こそ違え、国際密偵の役を負って暗躍していることを藤之助は悟らされた。

「おそらく大久保純友様殺害の真相はこのまま闇に葬られましょう」

と庄司が言い切った。

「だが、一人だけ大久保様の傷のことを漏れ聞いて憤怒《ふんぬ》の念に見舞われた者がおり申す」

「インザーキですか」

藤之助の問いに庄司が首肯《しゆこう》した。

「座光寺先生もまたわれら同様に激動波乱の時代を生き抜く運命《さだめ》を負わされたお方と

お見受け致す。好漢自重して日本の夜明けを見守って欲しい、それがし、それを訴えに本日ここに罷《まか》り越した」

「庄司厚盛どの、ご忠言肝《きも》に銘じてござる」

と藤之助は言うと庄司に頭を下げた。

「それがし、今夜、長崎を発《た》って薩摩に帰国致す。座光寺先生にはいずれどこかの地でお目に掛かることがござろう。それまでご壮健にな」

庄司が別れの挨拶《あいさつ》をすると稲佐浜の茶店の座敷から姿を消した。

「奥が深いな」

と藤之助が呟《つぶや》いた。

「奥が深いとはどげんこってございましょうかな」

文次が藤之助を見た。

「髪結いの文次どのは表の顔、裏の貌《かお》をいくつもお持ちということだ」

「それを申されますな。座光寺先生は長崎に到着したときからですたい、そんことを見抜いておられました。そげんな幕臣これまで見たこともございまっせんたい」

「庄司厚盛様の話、役に立ったの」

「役に立てねば庄司どののお心遣《こころづか》いに相すまぬ」

しばし沈黙が三人の間にあった。

「座光寺様、会所も必死でインザーキの塒《ねぐら》を探しておりますもん。もうちっと辛抱して下さい」

「造作をかけるな」

と答えた藤之助は、

「老陳の鳥船は未《いま》だ長崎沖におるのであろうか」

と自問するように聞いた。

「いえ、離れました。ばってん、あんインザーキはこん長崎に残ったとです。これぱつかりは間違いなか」

「マードック・ブレダンがピエール・イバラ・インザーキに約した金子は一人カルロスドル五百ドルに上がったわ」

「玲奈とそれがしの命の値段、千ドルか」

「ブレダンたら、私たちの真価を見損なっているわ。今にそのことに気付かせて上げる」

と玲奈が言い切った。

三

藤之助は、えつの座敷で昼寝をした。

上海から戻ってあまりにも多忙な日々が続き、睡眠時間が足りなかった。そのことを案じた玲奈が、

「藤之助、あなたとて超人ではないわ。体を休めるときに少しでも休ませておくものよ」

とえつに床を取らせて就寝を強《し》いたのだ。

藤之助は二刻ばかり熟睡して目覚めたとき、すでに外は夕闇が覆《おお》っていた。

藤之助が起きた気配に玲奈が姿を見せ、傍《かたわ》らに身を横たえ、上体を藤之助の胸の上にのしかけた。

藤之助は両腕を玲奈の背に回した。すると玲奈の鼓動が伝わってきて安息を感じた。

「藤之助、あなたが長崎にいるのもあとわずか、寂しくなるわね」

玲奈はこれまで二人が目を瞑《つむ》ってきた話題に触れた。

藤之助は、観光丸に乗船して江戸行きが内示されていた。だが、そのことは、長崎赴任の終わりを意味するのか、江戸に一時的に戻ることなのか全く知らされてなかった。

「それがし、交代寄合衆《こうたいよりあいしゅう》に戻るのかのう」

「江戸と伊那谷を往復する旗本職に我慢できる」

「それが宮仕えというものであろう」

「藤之助をどう扱うか、幕府の肝っ玉が問われているわ」

「それがし一人がばたついても、時代の流れはどうにもなるまい」

「外国事情を知った幕臣が幕府内に一人でもいるといないでは、幕府の判断が大きく違ってくる」

と答えた玲奈は、

「長崎会所は、座光寺藤之助為清《ためすが》の長崎逗留の延期願いを陣内嘉右衛門様に差し出した」

「有り難いがどうにもなるものでもあるまい」

「幕府の命に従うの」

「それがわれら旗本衆の務めでな」

と藤之助はさばさばした口調で答えると、

「むろん心残りもある」

「心残りとはなに、藤之助」

玲奈が身をのしかけると唇《くちびる》を奪った。藤之助もそれに応じて二人は激しく互いを求め合った。

一瞬、二人の欲情が交差し合い、話し合うために顔を離れさせた。

「そなたと遠く離れると思うといささか後ろ髪が引かれるな」

「いささか程度」

「それがし、伊那谷で育った山猿とは申せ、武士の端くれ、そう直截《ちょくせつ》に自らの思いを吐けるものか」

「私も自信がないな」

と玲奈が言うと、ごろりと藤之助の寝る傍らに仰向けに転がった。

藤之助は、切ないほど玲奈の想いに察しがついた。

長崎滞在は一年ほどで一先《ひとま》ず終わりを告げようとしていた。

二人がこれまで言葉に出来なかった現実がすぐそこまで迫っていた。

幕臣たる座光寺藤之助には交代寄合伊那衆としての本分が、そして、座光寺家の当

主には、

「首斬安堵《くびきりあんど》」

を実行する使命が託されていた。

藤之助の脳裏の片隅に師である片桐朝和神無斎《かたぎりあさたかじんむさい》が告げたもう一つの秘命が常にあった。

「将軍家の御介錯《おかいしやく》前に一事あり……」

片桐朝和は座光寺家の当主が負わされた秘事を語ったのだ。

二百数十年前の黙約を果たすために交代寄合伊那衆の一家座光寺家は存続し、藤之助は隠された使命を果たすべく当主の座に就いたのだ。

波乱の時代、秘事は行使されるのか。

一方、高島家の孫娘の玲奈には長崎と会所を守るべき役目が負わされていた。

二人の使命と役目は時に共同し、時に対立する要素を孕《はら》んでいた。

藤之助が短い長崎滞在で体験したことは、江戸のそれの何十年分に相当しよう。その世界に導いてくれたのが高島玲奈だった。

「玲奈、それがしとそなた、別々の道を歩かされるとは到底思えぬ。この短い歳月はわれらが知り合うための時間であったと思わぬか」

「激動の時代の序章を演じ終えたばかりというの」

「いかにもさよう」

上体を起こした玲奈が藤之助の顔を真上から直視した。

遠くから台所の物音がしていた。

隣室に置かれた行灯《あんどん》の明かりが障子を透かして藤之助の寝転ぶ座敷まで零《こぼ》れていた。ほの明かりは、玲奈の官能を浮かび上がらせた。

透き通った玲奈の顔が、ぽおっと紅潮し、

「玲奈と藤之助、同じ船に乗り合わせて幕府崩壊と再建の時代を生き抜くのよ。一蓮《いちれん》托生《たくしょう》、それが私たちに託された運命だわ」

と言い切った。

立場が異なることも理解していた。

「抱いて、藤之助」

「髪結いの文次どのがおられよう」

「とっくの昔に長崎に戻ったわ」

「えつがおる」

「えつは呼ばないかぎりこない」

玲奈が着ていたドレスを脱ぎ捨てると下着姿で寝床に滑り込んできた。

藤之助は両手を玲奈の頬に添えた。唇と唇が重ねられ、玲奈の体の温もりが藤之助に伝わり、欲望を刺激した。

「玲奈、長崎でそれがしの帰りを待てるか」

「待てないときは江戸に押し掛けるわ」

「江戸じゅうがそなたの虜《とりこ》になろうな」

「私が虜にしたいのは藤之助一人よ」

短くも切なく燃える激情の時間に二人は没入していった。

藤之助はえつが沸かした湯に浸《つ》かり、さっぱりとした気持ちで夕餉《ゆうげ》の膳についた。

「お婆、なにやら殿様になった気分じゃな」

「座光寺様、神様の褒美《ほうび》たい、時にこげんこともよかよか」

温《ぬる》めにお燗《かん》された徳利《とっくり》が差し出され、

「頂戴致す」

と盃《さかずき》を差し出した。その様子を玲奈がいとおしげに見ていたが、

「お嬢さんもどげんね」

とえつが玲奈の盃にも酒を満たした。

二人が盃を軽く打ち合わせた。

「まずまずよか殿御と嫁さんじゃたいね。ばってんこん二人、ありきたりの夫婦では収まるめえ」

「えつ、よか夫婦になるかならぬか、試してご覧なさい」

「なんばえつにさせっとですか、玲奈嬢様」

「ただ今から祝言《しゅうげん》を挙げるわ、えつが仲人役を務めなさい」

「玲奈嬢様、祝言するちな、婆一人で仲人は務まらんたい」

「藤之助と玲奈が夫婦になるのよ、ありきたりの仲人なんてお断りだわ。えつ一人ならばそれだけ秘密も保てる」

「おっ魂消《たまげ》たばい。了悦《りょうえつ》様に叱《しか》られんやろか」

「知らぬが仏というわ」

えつの視線が藤之助に移動してきた。

「それがし、異存ござらぬ」

藤之助が潔く答えた。

ふうっ

と息を一つ吐いたえつが、

「そんならたい、えつ婆が僭越《せんえつ》ながら仲人ば務めまっしょ。よかですな、座光寺藤之助様と高島玲奈様の祝言を知る者はこんえつ一人、地獄極楽まで持っていく役目たいね」

座り直した玲奈が藤之助に体を向けた。藤之助も玲奈に向き合い、互いの瞳を見合った。

「この盃の酒ばくさ、飲み分けた瞬間から夫婦たい」

玲奈が盃に両手を添えた。

藤之助も真似《まね》た。

藤之助は盃の縁に唇を付けて半分ほど酒を飲み干した。すると玲奈が盃の手を藤之助の腕の内側に回して、体と体を寄せ合うと互いの息遣いを感じながら盃の残った酒を飲み干した。

「旦那百まで、旦那百までヨイヤサヨイヤサ
エーイヨ、わしゃ九十九までヨイヤサヨイヤサ
ともに白髪の、ともに白髪のヨイヤサヨイヤサ
エーイヨはゆるまでヨイヤサヨイヤサ」

とえつがくんちの「鯨引きの唄」の一節を唄い納めて、座光寺藤之助、高島玲奈の夫婦黙契《もっけい》の儀式は終わった。

小帆艇《しょうはんてい》レイナ号の帆が風を孕んで長崎湾を横切ろうとしていた。

春の朧月《おぼろづき》が頭上にあって海に淡く橙《だいだいいろ》色の光を映していた。

「えつは旦那百までわしや九十九までと祝い唄を唄ってくれたけど、この時代、えつの年までも生き延びる自信はないな」

と玲奈が呟《つぶや》いた。

「織田信長《おだのぶなが》様は人間五十年、と幸若舞《こうわかまい》を舞い納められて本能寺で戦いに臨まれた。戦国乱世の御世よりただ今のほうが将来の見通せぬ時代であろう。玲奈、われらの時代、もっと短い」

玲奈にも藤之助の脳裏にも戦乱時代が襲いくることがあった。

「何十年であれ、悔いが残らなければそれでいいわ。藤之助と夫婦になってその覚悟ができた」

玲奈は、藤之助との夫婦の黙約がそうさせたとさばさばとした口調で言い切った。

忙しげに漕《こ》ぐ櫓《ろ》の音が闇から伝わってきた。

藤之助は綱を緩めると帆に孕んだ風を逃した。するとレイナ号の船足が落ちた。

玲奈がこちらに向かって急ぐ小さな舟影に小帆艇を接近させた。

江戸町惣町乙名椚田太郎次を乗せた小舟が船足を落したレイナ号に接舷してきた。

船頭はむろん魚心《ぎょしん》だ。

「太郎次どの、なんぞ出来《しゅったい》致したか」

へえ、異変が生じましたと前置きした太郎次が、

「夕方んこってす、伝習所から酒井栄五郎様と時岡吉春《ときおかよしはる》様が本紺屋町《もとこうやまち》まで使いに出られました。それがたい、夕餉の刻限になってん、戻ってこられんげな。最初はくさ、どこぞで道草ば食うておられようと、仲間方も高《たか》を括《くく》っておられたそうな。そんでんたい、あんまり遅うございまっしょ、勝麟太郎《りんたろう》様方に話されてくさ、仲間の方々があちこち聞きに回られたとです。一柳聖次郎様がうちにも見えてくさ、様子ば知りました。そんでうちの若い衆も探しに出させたとです」

「造作を掛けた」

「今から半刻前のこってす、西築町《にしつきまち》の川っぺりに女の物貰いがおりますがな、こん女、うちの若い衆に文ば差し出したとです。そんでおよその事情が判明致しました」

「なにが起こったな、太郎次どの」

「例の南蛮人の剣士の仲間と見られる唐人が酒井様と時岡様を襲って海に連れ去った模様ですたい。物貰いはそん様子ば見ておったようです、ばってん、頭んねじが少々弛《ゆる》んでおりましてくさ、詳しい経緯《いきさつ》を聞いてん、よう返事できまっせん。また、文の宛名はございまっせん、そんでわっしが最初に読みました。内容はくさ、唐人が書いたカタカナ文字で、二人の伝習生のサカイ、トキオカの身を預かった。ザコウジ、レイナ二人にて引き取りに参れとの内容にございました」

「われらを呼び出すに小賢《こざか》しい策を取りおったか」

「惣町乙名、呼び出しの場所はどこにございますか」

と玲奈が聞いた。

「横瀬浦湊《よこせうらみなと》にございます」

「私たちを長崎から誘《おび》き出す気ね」

藤之助には横瀬浦がどこか見当もつかなかった。

「太郎次どの、文はどうなされた」

「酒井様と時岡様は、海軍伝習生の身分、直《す》ぐに総監の永井《ながい》様に届けさせましたが不都合がございましたやろか」

「なんの不都合がござろうか」

と答えた藤之助は、

「永井様にこう伝言願いませぬか。伝習生酒井栄五郎、時岡吉春の身柄、座光寺藤之助と高島玲奈がどのようなことがあっても取り戻すと」

「これから横瀬浦に参られますか」

藤之助は魚心にレイナ号が離れることを仕草で伝え、帆を再び張った。風を孕んだレイナ号が走り出した。

「若い二人の命、頼みますばい」

太郎次の言葉が風のまにまに聞こえ、遠のいた。

「横瀬浦に一気に走るか」

「藤之助、半刻ほど時間を頂戴、梅ヶ崎《うめさき》の蔵屋敷に立ち寄り、唐人屋敷の黄武尊大人《こうぶそんたいじん》に懇願の文を届けるわ」

藤之助は、しばし沈思した後、玲奈の意図を理解した。


小帆艇レイナ号が梅ヶ崎の船がかりを出て長崎湾口に向かったのは、夜四つ半（午後十一時）を過ぎた刻限だ。

湾外に出ると角力灘《すもうなだ》から東南の強い風が吹き付けていた。そのせいでレイナ号が大きく揺れた。だが、小帆艇は荒天帆走が可能だったし、二人は夜間航海も慣れていた。

「神は私たちをお見捨てではなかったわ」

玲奈が胸前で十字を切るとレイナ号の舳先《へさき》を北に向け直した。

「横瀬浦までどれほどかかるな」

「長崎から海上二十一、二里と見て。この烈風なれば明日の未明には、ノッサ・スニョラ・ダジュダに到着していると思うな」

「まるで異国の地名だな」

「永禄《えいろく》四年（一五六一）、平戸《ひらど》を追われた葡萄牙《ポルトガル》人修道士が新しい布教の拠点として横瀬浦に目をつけたの、それまで横瀬浦はどこにもある寂しくも貧しい寒村だったそうよ」

「最前の言葉は葡萄牙の言葉か」

頷いた玲奈が、

「扶助者の聖母の湊、という意よ。葡萄牙にとって横瀬浦は、布教の拠点であると同時に南蛮交易の湊としても利用されていく」

永禄五年（一五六二）の六月には領主大村純忠《おおむらすみただ》のお声がかりもあって開港し、湊を望む丘には教会が建てられ、西国各地のきりしたん信者が横瀬浦に集まってきた。

翌年の春、復活祭は、日本にきりしたん伝道が始まって以来の盛大さで祝われたという。さらに特記すべきは、領主の大村純忠がドン・バルトロメオの洗礼名を授けられてきりしたん大名になったことだ。

横瀬浦の教会の周りには上町、下町と交易商人の店が軒を連ねて、南蛮からの物産があふれ、日本じゅうから商人が仕入れにきた。この横瀬浦では身分の差別もなく交易にも税が課せられなかったために、

「自由交易都市」

が形勢された。

だが、横瀬浦の繁栄は長くは続かなかった。

きりしたん布教を強行するあまりに仏教の弾圧が行われ、ために大村領内各所に仏徒らが叛乱《はんらん》を起こしたのだ。

横瀬浦の湊には火が放たれ、繁華を極めた交易商人の町を焼失させて、わずか二年余りで横瀬浦の繁栄は幕を閉じた。

南蛮船が日本で辿《たど》ったきりしたん布教は、平戸、横瀬浦に始まり、最後の地、長崎に向かうことになる。

「平戸、横瀬浦、長崎を見ていくとき、南蛮人の安息の湊への気持ちが見えてくるわ。この三つの湊はともに外海からでは湊の奥が覗けないほど奥が深い。あるいは、湊の入口に衝立《ついたて》のような島があることが共通しているの」

「三つの湊ともにか」

「平戸の湊には黒子島《くろこじま》が、横瀬浦には八ノ子島《はちこ》が、そして、長崎には高鉾島《たかぼこじま》があるわね。南蛮人と呼ばれる葡萄牙人や西班牙人《スペイン》に共通する特有の感覚かもしれないわね。異人は船が主に置かれる湊を母港とよぶけど、その感覚を平戸も横瀬浦も長崎も備えているということよ」

と横瀬浦を説明した玲奈が、

「藤之助、時代遅れの南蛮人剣士に扮《ふん》したピエール・イバラ・インザーキの傍らには武器商人マードック・ブレダンか、老陳の鳥船黒竜、どちらかが随行しているわ」

「そのために黄武尊大人の力を借りたのであろうが。だがな、黄大人が動こうと動くまいと栄五郎と時岡の二人は助け出す」

大きく頷いた玲奈が宣告した。

「戦闘準備に入るわよ」

「よかろう」

と答えた藤之助が高島家の蔵屋敷の武器庫から選んできた得物の点検のために狭い船室に潜《もぐ》り込んだ。

夜の角力灘をレイナ号はひたすら猛然とした船足で波を散らして北進していた。

舵棒を握りながら玲奈は、黄武尊が黒蛇頭《くろじやとう》の頭目老陳に抗して長崎湊に停泊するジャンク船団を動かすかどうか、

「五分五分か」

と見ていた。

四

「(湾の) 内部は幅約二レグワ (約十二キロ) あり、ある場所は甚《はなは》だ狭い。イエズス会士のいる所は、港口から右方約半レグワ (約三キロ) のところで、港口には、高く円い一つの島があり、その頂上には、大変美しい十字架が掲げられ、遠方からでも望むことが出来た。島の内は、極めてよい港湾で、船舶の停泊には都合がよい」

永禄五年 (一五六二) 十月二十五日に発信されたイルマン・アルメイダの書簡に描写された横瀬浦にレイナ号は東南の烈風を帆に受けて到着しようとしていた。

アルメイダが（湾の）内部は幅約二レグワと母国に報告したのは佐世保湾《させぼわん》のことだ。

横瀬浦はその佐世保湾の南、西彼杵《にしそのぎ》半島の北端近くにあった。

半島の最北端寄船鼻《よりふねばな》を回ったレイナ号の揺れが収まった。

長崎から海上二十二余里（約八十六キロ）を三刻ほどで走破したのは、レイナ号の航海性能が優れていることもあったが、なにより高島玲奈が操船術を駆使して荒海を乗り切ったせいだ。

寄船鼻から南東に三十丁（約三千二百七十メートル）ほど半島を回り込むと土井《どい》ノ鼻《はな》が見えてきて、横瀬浦の湊を塞《ふさ》ぐように八ノ子島の円い島影が二人の目に映った。

大村純忠（洗礼名ドン・バルトロメオ）は、横瀬浦のイエズス会支配地として二里四方を日本布教長パードレ・コスメ・デ・トーレスとイルマン・アルメイダに提供し、十字架を立てることを許した。しかも湊口の八ノ子島には燦然《さんぜん》と輝く金の十字架が掲げられたという。

薄く海面から朝靄《あさもや》が立ち昇っていた。

島の頂にかつてあった金色燦然と輝く十字架の姿はない。だが、八ノ子島の南側に馴染みの船影が停泊していた。

三本の帆柱を有した鳥船の主帆を吊《つ》るす檣《ほばしら》は高さ百三十余尺に及び、主檣上には三角帆がだらりと垂れ下がって、見張り楼があったが見張りの姿はなかった。そして、両舷には砲門がずらりと切り込まれて、海戦時には砲口が突き出される仕掛けが見えた。

唐人の巨船は未《いま》だ眠りの中にあった。

荒れた夜の海を考えたとき、老陳の主船頭は、座光寺藤之助と高島玲奈が横瀬浦に姿を見せるのは半日後と推測したようだ。

船尾に、

「寧波　黒竜」

の船名が見えた。

「藤之助、いくわよ」

「念には及ばぬ」

小帆艇上で二人が短く言い合った。湾内に入ってレイナ号の船足が一旦《いったん》緩められたが、再び船足を増した。

鳥船黒竜の左舷《さげん》に垂らされていた縄梯子《なわばしご》のところにレイナ号は、静かに接舷した。

藤之助は素早く縮帆すると小帆艇が巨大な鳥船とぶつからない位置に碇《いかり》を投げ入れ

て、縄梯子に舫《もや》い綱《づな》を括《くく》ると停船作業を終えた。

「ご苦労であったな」

藤之助は一睡《いっすい》もせず荒波と戦い続けた玲奈に労《ねぎら》いの言葉をかけた。

「お互い様にございます、亭主どの」

玲奈は、船室から携帯用ランプを持ち出して珈琲《コーヒー》を淹《い》れ始めた。

珈琲の香がゆっくりと老陳の鳥船の甲板へと流れていき、強烈な暮らしの臭いを発する黒竜の甲板に漂った。

突然、レイナ号の頭上で唐人水夫らの顔が突き出され、縄梯子下に繋がれた小帆艇を見つけて何事か喚《わめ》き合った。

騒ぎが始まった。

だが、珈琲を喫する二人の男女は、平然としたものだ。

黒竜の主船頭か、警告を発し、銃口を向ける者もいた。

珈琲カップを手にした玲奈が唐人語で何事か答えると、鳥船の船上が急に静かになった。そして、覗いていた顔が引っ込み、静寂の時が続いた。

「ザコウジ、レイナ」

と二人の名を呼ぶ声が降ってきた。

「おはよう、老陳」

玲奈が黒蛇頭の頭目に日本語で応じた。

日本との密貿易を繰り返す老陳は片言ながら日本語を解することを玲奈は承知していた。

「ナンノマネカ」

「お招きに預かったのよ、その挨拶はないわ、老陳」

老陳の傍らから花魁《おいらん》姿のおらんが姿を見せた。

「瀬紫、吉原稲木《よしわらいなき》楼《ろう》の穴蔵から盗み出した八百四十余両、取立てに参った」

藤之助の呼びかけに一頻《ひとしき》りおらんの狂笑が横瀬浦に響き渡った。

「偽《にせ》座光寺、許せぬ！」

「そなたが惚《ほ》れた左京はそれがしが地獄に送り込んだ。そなたも付けを払って左京の後を追え」

唐人語で罵《のの》り声を上げたおらんがリボルバー短銃の銃口を突き出した。

「止《や》めておけ、鳥船ごとふっとぶぞ」

藤之助がレイナ号の甲板上を覆《おお》った古い帆布を捲《めく》った。

「老陳、見えるわね。火薬樽よ。およそ百貫の火薬が爆発するとどうなると思う」

平静な口調で玲奈が告げ、甲板に驚きの声が洩《も》れた。

藤之助は一つの火薬樽の蓋を開いて、和紙に包まれた調合火薬を鳥船に指し示し、八ノ子島の方角に向かって投げ上げた。

珈琲カップを左手に持ったままの玲奈の右手がドレスの裾《すそ》を捲り、長革靴に差し込んだ小型短銃を抜き出すと海面に落下しようとする火薬の包みに狙いも定めず引き金を絞った。

玲奈の放った銃弾が鮮やかに包みのど真ん中に命中すると、
どーん！

という爆発音を響かせ、火閃《かせん》が朝靄を追い散らした。

鳥船の船上は森閑とした沈黙を強いられた。

「ナンノマネカ」

「老陳、同じ言葉しか繰り返せないの。この何百倍もの火薬が満載されているということよ。レイナ号に一発でも撃ち込むと鳥船も同時にふっ飛ぶわ」

老陳が唐人の言葉で罵り声を上げ、玲奈が晴れやかな笑い声で応じた。

「老陳、それがしの友二人は元気であろうな」

「ナニガノゾミカ」

「マードック・ブレダンは乗船しておるか」

「紅毛人ハ唐人船ニノラヌ」

「ブレダンの刺客ピエール・イバラ・インザーキと尋常の勝負を致す。それがしが勝てば、酒井栄五郎と時岡吉春は長崎に連れ戻る」

しばし老陳が沈思した。

「ヨカロウ、アガッテコイ」

「唐人船には紅毛人を乗せぬのではないか。老陳、そなたの言葉は信じられぬ」

「ドウスルキカ」

朝の光が横瀬浦に差し込んできた。

「今晩九つ（午後十二時）、横瀬浦の南蛮寺跡で一対一の勝負を決す」

「ワカッタ」

悔《くや》しそうに応じた老陳におらんが何事か唐人言葉で呪詛《じゆそ》した。

「ザコウジ、オランニキヲツケヨ。ノドヲクイチギリタイトイウテオル」

「おらん、それがしが吉原稲木楼の取立人ということを忘れるでない」

「吐《ぬ》かせ！」

おらんが再び銃口をレイナ号に向けた。その手を老陳が押さえ、

「約定ハナッタ、フネヲハナレサセヨ」

　と命じた。

「インザーキが乗船しておるなれば、わが友二人とともに即刻横瀬浦に上陸させよ」

　藤之助は、甲板上に置いた珈琲カップを取り上げると残った珈琲を美味《うま》そうに喫した。

　鳥船の甲板上で老陳が叫んだ。

　慌《あわただ》しくも鳥船から艀《はしけ》が下ろされる気配があった。レイナ号が横付けされたのとは反対の右舷側からだ。

　なにが行われているか、藤之助と玲奈には見えなかった。

　不意に櫂《かい》が水を切る音がして、鳥船の舳先から一艘の艀が姿を見せた。

　艀の中央部に後ろ手に縛《いまし》められた酒井栄五郎と時岡吉春の二人が座らされているのが見えた。

「栄五郎、時岡、怪我はないか」

　藤之助の声に二人が愕然《がくぜん》と辺りを見回し、左舷に停船するレイナ号に気付いて、

「すまぬ、油断した」

「許して下され、教授方」

と二人が口々に叫び返した。

「元気なればよい。今夜半まで辛抱致せ。そなたらの命、それがしと玲奈が必ずや救い出す」

艀にはブレダンの刺客のインザーキの姿は見えなかった。すでに上陸しているのか。

唐人船頭が櫂を操り、艀が鳥船から横瀬浦へと向かって遠ざかっていった。

「ヤクソクハハタシタ。レイナ号ヲハナセ」

「老陳、親鳥に抱かれた雛《ひな》の気分でな、なかなかよい抱かれ心地じゃぞ。夕暮れまでこの場所に係留させてもらおうか」

藤之助が応じると、ごろりと火薬樽の上に寝転がった。

その直後、高鼾《たかいびき》が鳥船の甲板にも伝わってきて、老陳の舌打ちが呼応した。

レイナ号が老陳の鳥船黒竜の左舷を離れたのは夕暮れ前のことだ。

その直前、長崎唐人屋敷の長老黄武尊が指揮する三隻のジャンク船が横瀬浦の湊の出入り口を塞《ふさ》ぐように停船した。

玲奈が考えた老陳への対抗策の一つだ。

だが、同郷人にして黒蛇頭の頭目老陳と事を構えるような行動をとるかどうか、半信半疑だったが黄大人は動いた。それは老陳一味が黄武尊の、

「縄張り内の長崎」

で無辜《むこ》の伝習生を誘拐するような行動を取ったことへの怒りが同郷人の絆《きずな》より勝《まさ》った結果であった。

火力に勝る鳥船黒竜だが、三隻の唐人船に横瀬浦の湊口を押さえられて身動きがつかなくなった。それを確かめた藤之助と玲奈は行動を開始したのだ。

南蛮船が横瀬浦に初めて来航して三百年に近い歳月が流れ、わずか二年余り、南蛮文化と交易の華を咲かせた横瀬浦は再び、

「忘れられた湊」

に戻っていた。

当時、大村純忠の統治下、コスメ・デ・トーレスやルイス・フロイスが滞在して九州きりしたん宗門の一大拠点を横瀬浦に作り上げ、きりしたん大名大村純忠は、西国一円の覇権を窺《うかが》う勢いにあった。

だが、仏徒らの叛乱にその夢は潰《つい》えた。

パードレ・コスメ・デ・トーレスがきりしたん布教の拠点とした小高い丘には、二年の栄華を示す土台石、石柱、壊れた石壁が南蛮寺の往時を偲《しの》ばせて残り、若草が芽吹こうとしていた。さらに葉を落とした欅《けやき》の大木が一本黒々と聳《そび》え立ち、歴史の地を見下ろしていた。

丘の上からは横瀬浦の海と八ノ子島の円い島影が見えた。

玲奈は、教会の跡地に入ったとき、胸の前で十字を切った。

夜半九つの月が丘を照らし付けていた。

「ピエール・イバラ・インザーキ」

玲奈が呼んだ。

風はそよともなく、インザーキは気配も見せなかった。

玲奈は片手にスペンサー・ライフル銃を構えて待った。

月が雲間に隠れ、南蛮寺跡地を闇が覆った。

湊か、犬の遠吠えが響いて消えた。

すうっ

と月が再び姿を見せた。すると南蛮寺の跡地の真ん中に酒井栄五郎と時岡吉春が手足を縛られて転がされているのが見えた。

「ピエール・イバラ・インザーキ」

玲奈が再びバスク人武芸者の名を呼んだ。

石柱の陰からゆらりとインザーキが姿を見せた。七尺余の長身に南蛮外衣を纏《まと》って、鍔広《つばびろ》の帽子を被《かぶ》っていた。

「ザコウジハドコニオル」

老陳の声が丘に響いた。だが、姿はどこにあるのか知れなかった。

「老陳、座光寺藤之助は敵に背を向けることが嫌いな男よ、よく見なさい。すでに何刻も前から戦いの場にあるわ」

「ナニッ」

唐人語、異国の言葉が錯綜《さくそう》して飛び交った。

「参る」

藤之助の声が天空から響いた。

欅の枝の間に黒々とした影があって、腰間《ようかん》から藤源次助真を抜き放ち、頭上に高々と突き上げた。それは八ノ子島に掲げられた金色燦然たる十字架を想起させた。

藤之助の脳裏には、諏訪湖《すわこ》から遠州灘《えんしゅうなだ》へと走る天竜川《てんりゅうがわ》の流れと、その背後に聳《そび》え立つ白根山《しらねさん》、赤石岳《あかいしだけ》の高嶺が浮かんでいた。

インザーキの南蛮外衣の裾が翻《ひるがえ》り、サーベル剣がしなやかに抜かれた。

藤之助は、

「天竜暴れ水」

でインザーキのヤマタノオロチ剣法に対処しようと決めていた。それはインザーキが鳥船の船上で薩摩藩士庄司厚盛を相手に示現流を見極めようとしたという話を聞かされたときからであった。

東郷重位が創始した薩摩示現流も信濃一傳流も戦場往来の実戦剣法だ。対峙《たいじ》する相手より早く動き、敵の剣より迅速にして力強く剣を振るう、

「単純明快」

な考えでは一致していた。

インザーキが薩摩藩士庄司から示現流の技と動きをなんのために見定めようとしたか。もしや、藤之助の秘剣、天竜暴れ水を想定してのことではないかと考えたとき、藤之助の腹は決まった。

「流れを呑《の》め、山を圧せよ」

おりゃ！

腹の底から気合を発した藤之助の体が三百年前の一瞬の栄華に縋《すが》ってある南蛮寺の

跡地に跳躍した。

インザーキも南蛮外衣を翻して藤之助が着地する仮想の場へと殺到した。

だが、藤之助の体が虚空で動きを変じて、軌跡を変えた。石柱の頂に片足を差し延ばして蹴ると、藤之助の体が斜めに流れて、インザーキの背後に下り立ったのだ。

悲鳴が上がった。

くるり
とインザーキが反転し、サーベル剣の切っ先を左手で摑《つか》んでしならせた。剣の切っ先が無数に分かれて藤之助の喉元を襲った。

インザーキは、

「切っ先が届いた」

と確信した。

その瞬間、藤之助の体が真後ろに飛び下がり、着地した反動を利用して元の場所へと戻ってきた。

そのとき、サーベル剣は間合いを外していた。

インザーキがサーベル剣を手元に引き付けた。その行動が命取りになった。藤之助の変幻自在の動きに遅滞なく、一旦《いったん》後退した体が引き戻されるように飛び戻ってき

て、藤源次助真が手元に引き付けられたサーベルを襲うと両断した。さらに切っ先がインザーキの喉元に迫って、

ぱあっ

と撥《は》ね斬《き》ったのだ。

南蛮寺の廃墟で使われた壮絶な剣法だった。

「天竜暴れ水」

この言葉が藤之助の口から洩れた。

七尺余の長身がくの字に折れて竦《すく》んだ。

インザーキの頬《ほお》が殺《そ》げた顔が藤之助のわずか半間の先にあった。異郷の地を渡り歩いてきたバスク人武芸者は、

「信じられぬ」

という表情を顔に浮かべると顔を横に弱々しく振り、腰砕けに崩れ落ちていった。

ふうっ

という吐息が南蛮寺の跡地のあちらこちらから洩れた。

玲奈がスペンサー・ライフル銃を構えて栄五郎と時岡のもとへと走った。

藤之助は痙攣《けいれん》するインザーキを一瞥《いちべつ》すると玲奈を追った。

南蛮寺跡地の闇で大勢の人々が蠢《うごめ》き、急速に気配が消えた。

藤之助は助真の切っ先を栄五郎の縄目にかけて切った。続いて時岡吉春の縛めも切断した。

「よう辛抱した」

横瀬浦の丘に藤之助の声が優しく響いた。

解説——作者と語り、主人公と歩く楽しみ

長井好弘（読売新聞記者）

昭和の花街の風情が残る東京・四谷荒木町の飲食街。狭い路地のとば口にあるスペイン料理屋で、佐伯さんと卓をともにした。二〇〇七年のまだ浅い春のことだ。佐伯さんと僕、という妙な組み合わせで「公開読書対談」が催され、終演後、ささやかな打ち上げの会が開かれた。

夜間に佐伯さんと飲み食いをするときは、いつも緊張する。佐伯さんは、毎朝三時か四時に起きて執筆を始め、午後にはその日の予定枚数が仕上がってしまう。夜はビールを一杯飲んで八時には就寝……。平成の大ベストセラー作家らしからぬ「修道士のような日々」（本人談）は、佐伯ファンなら先刻承知のエピソードだろう。そんな

超朝型人間を、午後の九時過ぎに連れ出し、そのうえ飲み食いに誘うのは、かなり勇気のいることなのだ。

「もう眠いのではないだろうか」「疲れてはいないか」「こんな〝遅く〟に飲んだり食べたりしては、体にさわるのでは」。そんな心配をしながら、おそるおそるスペインワインや生ハムをすすめた。

ところが、この日の佐伯さんは上機嫌で、思った以上に饒舌《じようぜつ》だった。「人前で話をするのは苦手だから」と、開演ぎりぎりまで、メモを片手にそわそわしていたのに、本番では、さっきまでの狼狽《ろうばい》がうそのような、堂々たる論客ぶり。難関（？）をクリアした安心感が、口元をゆるませたのか。講演の続きのような作品論、当時噂の的だった「居眠り磐音《いわね》」や「密命」シリーズのテレビ化最新情報などを率直に話してくれた。

「誰が坂崎（佐々木）磐音をやるんですか？」

単なるファンと化した僕の質問に、佐伯さんはしばし首をひねっていたが、それでも思い出せずに、携帯電話で関係者に確認していた。

「そうそう、山本耕史さんだった。きっと似合うと思うよ」

佐伯さんの予想が正しかったのは、このあとすぐに実際のテレビ画面で証明されることになる。

ソフトで温かい声質だが、時に力が入ると甲高《かんだか》くなる。あの独特の佐伯節で語りかけられると、それがたわいない話であっても、先を聞きたくてたまらなくなる。なるほど、希代のストーリーテラーなのだ。

「『あなたにはもう官能小説か時代小説しか残っていない』と言われたという話が妙に有名になっちゃったでしょ。そのセリフを言った編集者が『せめて時代小説のほうを先に言えばよかった』と悔やんでいたよ」

話題はあちこち飛んだが、時代小説の話題だけがあまり弾まない。話しているうちに、すぐスペインの、というより闘牛の話にすりかわってしまうからだ。

「諸国修行の武芸者は、旅回りの闘牛士と同じなのね」

「本能の牛と技の闘牛士。勝負は一瞬で決まる。その呼吸は、まさに剣術試合です」

「スペインの庶民の人情は日本よりも濃いかもしれない。僕の小説に出てくる長屋の人たちのモデルは、スペイン放浪時代に世話になったフアンとかアントニオなんて人たちなんですよ」

江戸の町家や武家暮らしの話をしていたはずが、いつの間にか、スペインの庶民生活や、闘牛士ご一行の放浪、それを追いかける若き日の佐伯さんの思い出に変わっていく。

「ヘミングウェイの『日はまた昇る』が、僕の闘牛の入門書。その後『さもなくば喪服を』を読んで、僕はスペイン現代史を理解した」

楽しそうに、懐かしそうに、そして、少し哀しそうに。あのときの佐伯さんの表情が忘れられない。もしかしたら、この人は、時代小説の形を借りて、闘牛小説を書いているのかもしれない……。

食事談議が長くなった。座光寺藤之助《ざこうじとうのすけ》についても、書きたいことがいっぱいある。

「『交代寄合伊那衆異聞』シリーズは、佐伯作品の中でも、群を抜いて展開が早いでしょ。伊那《いな》から江戸へ、そして伊豆へとめまぐるしく動き回っていた藤之助が、あれよあれよという間に長崎で異人たちと渡り合っているんだから。何だかジェットコースターに乗っているみたいですよ」

「そうかなあ。もしかしたら、幕末という激動の時代を舞台にしているから、よけいにスピード感とか、ドラマチックな感じが強まったのかもしれないね」

佐伯さんとこんなやり取りをしたのは、第五巻が出たころだった。そのあと二巻しか出ていないのに、藤之助は海外に雄飛して暴れ回り、また長崎へ舞い戻ったと思ったら、江戸帰還の話が持ち上がっている。油断も隙《すき》もないとはこのことだ。

「密命」や「居眠り磐音」などのロングセラーは、巻を重ねるにつれて登場人物の「現実感」や「存在感」が増していき、今や安定期に入った趣がある。読者はすでに各作品の世界観にすっかりなじんでいるから、多少間が開いて新刊が出ても、最初の一ページも読み終わらぬうちに、百年の知己と向かい合っているかのように、物語の続きに没頭できるのである。

翻《ひるがえ》って、わが「交代寄合伊那衆異聞」は、まだまだ安定期には入りそうもない。第一、主人公の藤之助が、まだ成長期のまっただ中にいるのである。「伊那の山猿」が江戸へ出てきて当主となり、長崎に出て一皮むけ、海を渡って力強さを増した。この先、どこまで大きくなるのか、想像もつかない。僕ら読者は、おいてけぼりを食わないように、しばらくは、せっせとページを繰らなければならないだろう。

さて、藤之助の江戸帰参が近づいてきた。つかの間の檜舞台《ひのきぶたい》であったが、藤之助の物語に、からりとした明るさと、華やかさ、そしてつややかさをもたらした長崎の町を、そぞろ歩きながら別れを告げよう。

二〇〇一年の六月、僕は初めて長崎の町を訪れた。すでに四十代の半ばである。国内外で百本近い旅ルポを書いてきた僕は、なぜか長崎には縁がなかった。いつか行こうと資料ばかりを読んでいたら、中途半端な長崎通になってしまった。「氷ミルクのように匙《さじ》で食べるミルクセーキ」とか「一つの皿に焼きめしとスパゲティとトンカツを盛ったトルコライス」とか「名物の皿うどんには金蝶ソースをかける」など、長崎独特の食べ物には妙に詳しいくせに、実際に現地へ行くと、出島《でじま》と大波止《おおはと》の間がたった一駅なのを知らず、「一番」の路面電車に乗ってしまうのである。出島のすぐ裏の長崎伝習所を出て、そのまま大波止までぶらぶらと下っていく教授方・藤之助の姿を追えば、そんな間違いは起きようはずもないのだが、そのころ「交代寄合伊那衆異聞」シリーズは、まだ影も形もなかったのである。

藤之助と、佐伯時代劇きっての活動的なヒロイン・高島玲奈《たかしまれいな》とが逢い引きを重ね、ついにはえつ婆を仲人に、黙契《もっけい》＝密やかな夫婦の契りを結んだ稲佐山《いなさやま》。神戸、函館と合わせて日本の三大夜景だと聞けば、一度は見たいと思うものだ。ところが、僕の初めての長崎道中は、雨交じり、いや、台風がらみの荒天で、長崎の港を黒い雲が低く覆《おお》っていた。

地元の落語友達の車で八合目の駐車場まで登ったら、「天候不順のためスカイウェイは運休します」の看板が。それでもあきらめきれず、不穏な横風にあおられながら駆け上がった。ようやくたどり着いた展望台からは……何も見えない！　半ばあきれながらついて来た友人が「いままで数え切れないぐらいの人を稲佐山に案内したけど、夜景の『や』の字も見えなかったのは、あんただけ。大したもんだよ」と感心している。リベンジを誓った僕が「一千万ドルの夜景」の実物を目にしたのは、それから二年も後のことである。

意外に甘党の藤之助が、時々立ち寄る福砂屋《ふくさや》は、丸山遊廓《まるやまゆうかく》の大門の手前にあった。古風だが、どこかあか抜けた、黒塗りの建物の中に、藤之助の好んだカステイラと、ギヤマンのコレクションが並んでいる。「東京の大事な人への土産は、必ずここで買う。東京のデパートでも売っているけど、長崎で買うと味が違うもん」と知人が言う。考えてみたら、僕は彼からカステイラの土産など、もらったことがない。

長崎で一番のお気に入りは、市街地の東、風頭山《かざがしらやま》の中腹にある。この地に、日本初の商社「亀山社中」を作ったのは、あの坂本龍馬である。彼は毎朝、当時の最新モードであるブーツを履《は》いて、断崖の上から港の船の出入りをチェックしたという。

その場所に、「龍馬のぶーつ」像がある。船の舵輪と、巨大なブーツという不思議な組み合わせ。そのブーツに両足を入れ、背筋を伸ばして眼下の長崎市街を眺《なが》める。「百数十年前、龍馬はここで何を見たのだろう」と思いをめぐらせれば、佐伯時代劇を五冊ぐらい連続読破したような、爽快《そうかい》な気分になるのだ。

座光寺藤之助という本編の主人公も、龍馬に匹敵する、いや、もしかしたら、龍馬以上の器量を持つ人物であるかもしれない。藤之助が何度も行き来した大波止あたりに、愛用の編み上げ靴と、藤源次助真《とうげんじすけざね》の像を置きたい。編み上げ靴に足を通し、座光寺家当主の気概を持って眼前の港を見すえれば、白い飛沫《しぶき》を上げて走り抜けるレイナ号や、伝習生たちが訓練をする帆船や、何やらいわくありげな老陳《ろうちん》の鳥船の姿が、きっと見えるはずだ。

そう思いませんか、佐伯さん。

本書は文庫書下ろし作品です

|著者|佐伯泰英　1942年福岡県生まれ。闘牛カメラマンとして海外で活躍後、国際冒険小説執筆を経て、'99年から時代小説に転向。迫力ある剣戟シーンや人情味ゆたかな庶民性を生かした作品を次々に発表し、平成の時代小説人気を牽引する作家に。文庫書下ろし作品のみで累計3000万部を突破する快挙を成し遂げる。「密命」「居眠り磐音江戸双紙」「吉原裏同心」「夏目影二郎始末旅」「古着屋総兵衛影始末」「鎌倉河岸捕物控」「酔いどれ小籐次留書」など各シリーズがある。講談社文庫では、『変化』『雷鳴』『風雲』『邪宗』『阿片』『攘夷』『上海』に続き、本書が「交代寄合伊那衆異聞」シリーズ第8弾。

黙契《もっけい》　交代寄合伊那衆異聞《こうたいよりあいいなしゅういぶん》

佐伯泰英《さえきやすひで》

2008年11月14日第1刷発行
2011年8月22日第7刷発行

講談社文庫

定価はカバーに
表示してあります

発行者——鈴木　哲
発行所——株式会社　講談社
東京都文京区音羽2-12-21　〒112-8001
電話　出版部（03）5395-3510
　　　販売部（03）5395-5817
　　　業務部（03）5395-3615

デザイン—菊地信義
本文データ制作—講談社デジタル製作部
印刷———株式会社廣済堂
製本———株式会社千曲堂

Printed in Japan

ISBN978-4-06-276210-6

講談社文庫刊行の辞

二十一世紀の到来を目睫に望みながら、われわれはいま、人類史上かつて例を見ない巨大な転換期をむかえようとしている。

世界も、日本も、激動の予兆に対する期待とおののきを内に蔵して、未知の時代に歩み入ろうとしている。このときにあたり、創業の人野間清治の「ナショナル・エデュケイター」への志を現代に甦らせようと意図して、われわれはここに古今の文芸作品はいうまでもなく、ひろく人文・社会・自然の諸科学から東西の名著を網羅する、新しい綜合文庫の発刊を決意した。

激動の転換期はまた断絶の時代である。われわれは戦後二十五年間の出版文化のありかたへの深い反省をこめて、この断絶の時代にあえて人間的な持続を求めようとする。いたずらに浮薄な商業主義のあだ花を追い求めることなく、長期にわたって良書に生命をあたえようとつとめるところにしか、今後の出版文化の真の繁栄はあり得ないと信じるからである。

同時にわれわれはこの綜合文庫の刊行を通じて、人文・社会・自然の諸科学が、結局人間の学にほかならないことを立証しようと願っている。かつて知識とは、「汝自身を知る」ことにつきていた。現代社会の瑣末な情報の氾濫のなかから、力強い知識の源泉を掘り起し、技術文明のただなかに、生きた人間の姿を復活させること。それこそわれわれの切なる希求である。

われわれは権威に盲従せず、俗流に媚びることなく、渾然一体となって日本の「草の根」をかたちづくる若く新しい世代の人々に、心をこめてこの新しい綜合文庫をおくり届けたい。それは知識の泉であるとともに感受性のふるさとであり、もっとも有機的に組織され、社会に開かれた万人のための大学をめざしている。大方の支援と協力を衷心より切望してやまない。

一九七一年七月

野間省一

講談社文庫
書下ろし

佐伯泰英「交代寄合伊那衆異聞」シリーズ

□（購入）
□（読了）

第一巻 変化《へんげ》
ISBN-4-06-275136-4
安政地震の報に信州伊那から座光寺家江戸屋敷へ駆けつけた若者藤之助。当主左京は焼失した吉原で妓楼の八百四十両とともに女郎瀬紫と消えた。

第二巻 雷鳴《らいめい》
ISBN-4-06-275270-0
将軍家定との謁見をすませ、藤之助は旗本家当主に就く。先代の実家品川家が刺客を送り込めば、女郎を追った横浜では青龍刀の達人が迫る！

第三巻 風雲《ふううん》
ISBN-4-06-275400-2
千葉周作なき玄武館を道場破りが襲う。喉を狙う長刀に天を突く構えで応じる藤之助。老中堀田正睦より長崎行きの命が下り、初めて嵐の海へ！

第四巻 邪宗《じゃしゅう》
ISBN-4-06-275556-4
長崎で剣術教授方に就いた藤之助は、闇討ちを図る佐賀藩士を撃退し、出島で西洋剣術に相対する。玲奈との出逢いが異国への眼を開かせた。

第五巻 阿片《あへん》
ISBN978-4-06-275698-3
丸山遊女の服毒死は阿片か。藤之助は密輸の現場を目撃し玲奈は黒幕をあぶり出す策を思いつく。二人が絆を深めた朝、長崎の空を舞ったのは？

第六巻 攘夷《じょうい》
ISBN978-4-06-275888-8
浦上三番崩れの苛烈なきりしたん狩り。玲奈の母たちにも追及の手が!? そして玲奈の祖父高島了悦が人質にとられ、藤之助は決闘の地へ急ぐ。

講談社文庫
書下ろし

佐伯泰英「交代寄合伊那衆異聞」シリーズ

□（購入）
□（読了）

第七巻　上《しゃん》海《はい》

ISBN978-4-06-276034-8

海軍伝習所を無断で空けた藤之助はきりしたん摘発に燃える大目付から厳しい拷問を。気がつくと大海原に。行先は列強が租界を築く清国上海！

□
□

第八巻　黙《もっ》契《けい》

ISBN978-4-06-276210-6

謹慎中にひそかに玲奈と渡った清国で、藤之助は幕府存亡の危機を自覚する。長崎への答礼は、町じゅうの敵、大目付大久保純友との対決だ！

□
□

第九巻　御《お》暇《いとま》

ISBN978-4-06-276211-3

無敵の南蛮剣を玲奈の母から譲り受け、藤之助は長崎を後にする。当主の見違える偉丈夫ぶりに驚く江戸屋敷。文乃を連れ、藤之助は故郷伊那へ。

□
□

第十巻　難《なん》航《こう》

ISBN978-4-06-276344-8

矢傷負った藤之助を故郷の山河が癒す。幕府存亡の危機を説く藤之助に下田行きの命が。亜米利加総領事ハリス相手に交渉は難渋極まっていた。

□
□

第十一巻　海《かい》戦《せん》

ISBN978-4-06-276461-2

洋式帆船ヘダ号の指揮官に藤之助が指名された。アームストロング砲のお披露目は、因縁の老陳との砲撃戦。追い込まれた玲奈らを救えるか!?

□
□

第十二巻　謁《えっ》見《けん》

ISBN978-4-06-276629-6

下田のハリスは将軍謁見を望む。藤之助にハリス一行の大行列護衛の密命が。玲奈を通詞に、伊那衆を率い、水戸の攘夷派浪士団が潜む峠へ。

講談社文庫
書下ろし

佐伯泰英「交代寄合伊那衆異聞」シリーズ

□（購入）
□（読了）

第十三巻　交《こう》易《えき》

若き日の坂本龍馬と邂逅した藤之助はヘダ号を率い外海航海に。香港で、十六名の陸戦隊は彼我の差を噛みしめ、大英帝国艦隊との閲兵式に臨む。

ISBN978-4-06-276786-6

□
□

第十四巻　朝《ちょう》廷《てい》

日米通商条約の勅許をめぐる幕府と朝廷の交渉が暗礁に乗り上げている京に入った藤之助。祇園の芸妓から、堀田正睦刺客団の動きを報され!?

ISBN978-4-06-276948-8

〈以下続刊〉

※佐伯泰英事務所公式ウェブサイト「佐伯文庫」
http://www.saeki-bunko.jp/

※講談社文庫「交代寄合伊那衆異聞」ホームページ
http://www.bookclub.kodansha.co.jp/books/inashuibun/

新刊情報などが充実しています。ぜひご覧ください。

酒井順子　駆け込み、セーフ？
酒井順子　いつから、中年？
佐野洋子　嘘ばっか〈新釈・世界おとぎ話〉
佐野洋子　猫ばっか
佐野洋子　コッコロから
佐川芳枝　寿司屋のかみさん うまいもの暦
桜木もえ　純情ナースの忘れられない話
斎藤貴男　東京を弄んだ男〈「空疎な小皇帝」石原慎太郎〉
佐藤賢一　二人のガスコン(上)(中)(下)
佐藤賢一　ジャンヌ・ダルクまたはロメ
笹生陽子　ぼくらのサイテーの夏
笹生陽子　きのう、火星に行った。
笹生陽子　バラ色の怪物
佐伯泰英　変《へん》化《げ》〈交代寄合伊那衆異聞〉
佐伯泰英　雷鳴〈交代寄合伊那衆異聞〉
佐伯泰英　風雲〈交代寄合伊那衆異聞〉
佐伯泰英　邪宗〈交代寄合伊那衆異聞〉
佐伯泰英　阿片〈交代寄合伊那衆異聞〉
佐伯泰英　攘夷〈交代寄合伊那衆異聞〉

佐伯泰英　上海〈交代寄合伊那衆異聞〉
佐伯泰英　黙《もっ》契《けい》〈交代寄合伊那衆異聞〉
佐伯泰英　御《お》暇《いとま》〈交代寄合伊那衆異聞〉
佐伯泰英　難航〈交代寄合伊那衆異聞〉
佐伯泰英　海戦〈交代寄合伊那衆異聞〉
佐伯泰英　謁見〈交代寄合伊那衆異聞〉
佐伯泰英　交易〈交代寄合伊那衆異聞〉
佐伯泰英　朝廷〈交代寄合伊那衆異聞〉
沢木耕太郎　一号線を北上せよ〈ヴェトナム街道編〉
坂元純　ぼくのフェラーリ
里見蘭　三田紀房／原作　小説ドラゴン桜〈カリスマ教師集結篇〉
里見蘭　三田紀房／原作　小説ドラゴン桜〈挑戦！東大模試篇〉
佐藤友哉　フリッカー式〈鏡公彦にうってつけの殺人〉
佐藤友哉　エナメルを塗った魂の比重〈鏡稜子ときせかえ密室〉
佐藤友哉　水没ピアノ〈鏡創士がひきもどす犯罪〉
佐藤友哉　クリスマス・テロル〈invisible×inventor〉
桜井亜美　チェルシー
桜井亜美　Frozen《フローズン》 Ecstasy《エクスタシー》 Shake《シェイク》
サンプラザ中野　大きな玉ネギの下で〈小説〉

櫻田大造　「優」をあげたくなる答案・レポートの作成術
桜井潮実　「うちの子は『算数』ができない」と思う前に読む本
佐川光晴　縮んだ愛
沢村凜　カタブツ
沢村凜　あやまち
沢村凜　さざなみ
佐野眞一　誰も書けなかった石原慎太郎
佐藤多佳子　一瞬の風になれ 第一部／第二部／第三部
笹本稜平　駐在刑事
佐藤亜紀　鏡の影
佐藤亜紀　ミノタウロス
佐藤千歳　インターネットと中国共産党〈「人民網」体験記〉
samo　きみにあいたい〈あかりが生きた239日、そして12時間〉
斎樹真琴　地獄番 鬼蜘蛛日誌
司馬遼太郎　新装版 播磨灘物語 全四冊
司馬遼太郎　新装版 箱根の坂(上)(中)(下)
司馬遼太郎　新装版 アームストロング砲
司馬遼太郎　新装版 歳月(上)(下)
司馬遼太郎　新装版 おれは権現

司馬遼太郎　新装版　大坂侍
司馬遼太郎　新装版　北斗の人(上)(下)
司馬遼太郎　新装版　軍師二人
司馬遼太郎　新装版　真説宮本武蔵
司馬遼太郎　新装版　戦雲の夢
司馬遼太郎　新装版　最後の伊賀者
司馬遼太郎　新装版　俄(上)(下)
司馬遼太郎　新装版　尻啖え孫市(上)(下)
司馬遼太郎　新装版　王城の護衛者
司馬遼太郎　新装版　妖怪(上)(下)
司馬遼太郎　新装版　風の武士(上)(下)
司馬遼太郎／海音寺潮五郎　新装版　日本歴史を点検する
司馬遼太郎／井上ひさし　新装版　国家・宗教・日本人
司馬遼太郎／陳舜臣／金達寿　新装版　歴史の交差路にて〈日本・中国・朝鮮〉
柴田錬三郎　岡っ引どぶ　正・続〈柴錬捕物帖〉
柴田錬三郎　お江戸日本橋(上)(下)
柴田錬三郎　三国志〈柴錬痛快文庫〉
柴田錬三郎　江戸っ子侍(上)(下)
柴田錬三郎　貧乏同心御用帳

柴田錬三郎　新装版　岡っ引どぶ〈柴錬捕物帖〉
柴田錬三郎　新装版　顔十郎罷り通る(上)(下)
柴田錬三郎　新装版　岡っ引どぶ(続)〈柴錬捕物帖〉
城山三郎　ビッグボーイの生涯〈五島昇その人〉
城山三郎　この命、何をあくせく
城山三郎　黄金峡
城山三郎／平岩外四　人生に二度読む本
城山三郎／高山文彦　日本人への遺言
白石一郎　火炎城
白石一郎　鷹ノ羽の城
白石一郎　銭の城
白石一郎　びいどろの城
白石一郎　庖丁ざむらい〈十時半睡事件帖〉
白石一郎　観音妖女〈十時半睡事件帖〉
白石一郎　犬を飼う武士〈十時半睡事件帖〉
白石一郎　刀〈十時半睡事件帖〉
白石一郎　出世長屋〈十時半睡事件帖〉
白石一郎　おんな舟〈十時半睡事件帖〉
白石一郎　東海道をゆく〈十時半睡事件帖〉

白石一郎　海よ島よ〈歴史紀行〉
白石一郎　乱世を斬る〈歴史エッセイ〉
白石一郎　海将(上)(下)
白石一郎　蒙古襲来〈海から見た歴史〉
志茂田景樹　真・甲陽軍鑑〈武田信玄の秘密〉
志茂田景樹　独眼竜政宗　最後の野望
志水辰夫　帰りなん、いざ
志水辰夫　花ならアザミ
志水辰夫　負け犬
新宮正春　抜打ち庄五郎
島田荘司　占星術殺人事件
島田荘司　殺人ダイヤルを捜せ
島田荘司　火刑都市
島田荘司　網走発遥かなり
島田荘司　御手洗潔の挨拶
島田荘司　死者が飲む水
島田荘司　斜め屋敷の犯罪
島田荘司　ポルシェ911《ナインイレブン》の誘惑
島田荘司　御手洗潔のダンス

講談社文庫　目録

椎名　誠　アメンボ号の冒険
椎名　誠　風のまつり
椎名　誠　ニッポンありやまあお祭り紀行〈春夏編〉
椎名　誠／東海林さだお　やぶさか対談
島田雅彦　フランシスコ・X
島田雅彦　食いものの恨み
島田雅彦　佳人の奇遇
真保裕一　連鎖
真保裕一　取引
真保裕一　震源
真保裕一　盗聴
真保裕一　朽ちた樹々の枝の下で
真保裕一　奪取(上)(下)
真保裕一　防壁
真保裕一　密告
真保裕一　黄金の島(上)(下)
真保裕一　発火点
真保裕一　夢の工房
真保裕一　灰色の北壁

周大荒／渡辺精一訳　反三国志(上)(下)
篠田節子　贋《がん》作《さく》師《し》
篠田節子　聖域
篠田節子　弥勒
篠田節子　ロズウェルなんか知らない
篠田節子　転生
笙野頼子　居場所もなかった
笙野頼子　幽界森娘異聞
下川裕治／桃井和馬　世界一周ビンボー大旅行
下川裕治／篠原　章　沖縄ナンクル読本
篠田真由美　未明の家〈建築探偵桜井京介の事件簿〉
篠田真由美　玄《くろ》い女神〈建築探偵桜井京介の事件簿〉
篠田真由美　翡《ひ》翠《すい》の城〈建築探偵桜井京介の事件簿〉
篠田真由美　灰色の砦〈建築探偵桜井京介の事件簿〉
篠田真由美　原罪の庭〈建築探偵桜井京介の事件簿〉
篠田真由美　美貌の帳《とばり》〈建築探偵桜井京介の事件簿〉
篠田真由美　桜闇〈建築探偵桜井京介の事件簿〉
篠田真由美　仮面の島〈建築探偵桜井京介の事件簿〉
篠田真由美　センティメンタル・ブルー〈蒼の四つの冒険〉

篠田真由美　月蝕の窓〈建築探偵桜井京介の事件簿〉
篠田真由美　綺羅の柩〈建築探偵桜井京介の事件簿〉
篠田真由美　angels《エンジェルス》―天使たちの長い夜
篠田真由美　Ave《アヴェ》 Maria《マリア》
篠田真由美／加藤俊章絵　レディMの物語
重松　清　定年ゴジラ
重松　清　半パン・デイズ
重松　清　世紀末の隣人
重松　清　流星ワゴン
重松　清　ニッポンの単身赴任
重松　清　ニッポンの課長
重松　清　愛妻日記
重松　清　オヤジの細道
重松　清　青春夜明け前
重松　清　カシオペアの丘で(上)(下)
重松　清　永遠《とわ》を旅する者〈ロストオデッセイ　千年の夢〉
重松　清／渡辺　考　最後の言葉〈戦場に遺された二十四万字の届かなかった手紙〉
新堂冬樹　血塗られた神話
新堂冬樹　闇の貴族

2011年6月15日現在